Newton

F☀SF☀R☀

LUÍS FRANCISCO CARVALHO FILHO

Newton

Para Catarina e Camila

9	Promotor
15	Filho
22	Juíza
28	Delegado
35	L.
42	Crítico
49	Professor
57	Escrivão
64	Analista
71	Editor
78	Visita
88	Tabelião
95	Chofer
102	Cônsul
110	Agente
116	Advogado
123	Faxina

Promotor

Promotor
Eu coordeno o Grupo de Proteção aos Animais do Ministério Público. O senhor sabe por que foi chamado, não sabe?
Newton
Deve ser por causa do meu blog. Eu recebi o e-mail.
Promotor
Exatamente. Foi instaurado um inquérito civil e, conforme o nosso entendimento, o senhor será processado para pagar uma indenização por ofensa a direitos difusos. Estamos apurando. O senhor aceitaria tirar do ar o post "Coleira" que está hospedado no seu blog?
Newton
Claro que não.
Promotor
Então nós seguiremos em frente. Podemos até pedir judicialmente a exclusão do post.
Newton
O Ministério Público deveria zelar pela liberdade de expressão.
Promotor
Nós a defendemos. Mas o que o senhor escreveu é um abuso.

Newton

Abuso? Abuso de quê?

Promotor

Nem tudo pode ser dito e o senhor deveria saber. O senhor não acha que se excedeu? Nós estamos atendendo pedidos de diversas entidades. Representaram ao Procurador-Geral. Estão indignados. Dizem que o senhor estimula crueldade contra animais.

Newton

Eu não estimulo nada. E as ameaças que eu sofri? Acho que vocês não estão acostumados com a liberdade.

Promotor

Não é verdade.

Newton

Parece.

Promotor

Veja, veja... O senhor sugere a criação de um imposto de propriedade de animais.

Newton

O que o post sugere é que a pessoa que tem cachorro deve pagar um tributo. Não é assim com automóvel?

Promotor

Automóvel polui.

Newton

Cachorro também.

Promotor

O senhor diz que todo cachorro deve usar uma coleira de identificação fornecida pela prefeitura e, em caso de não pagamento do tributo, a coleira começa a emitir um intermitente som de alarme. O senhor quer que cachorros sem coleira ou com a sirene acionada sejam apreendidos por fiscais e sacrificados, chega a indicar a criação de um convênio com o governo da Coreia para exportação dos animais.

Newton

O meu blog navega entre ficção e realidade. É um personagem quem diz. Eu não digo nada.

Promotor

Não parece ficção. O senhor divulga até a minuta do decreto que condena à morte os animais, o método de execução.

Newton

O personagem trata de um problema que existe e que está fora da esfera de preocupação das autoridades. O senhor sabe quantos cachorros existem na cidade? Três milhões? Cinco milhões? O senhor tem ideia da quantidade de cocô que esses animais produzem todos os dias?

Promotor

As fezes são recolhidas pelos donos dos animais. Senão, eles são multados.

Newton

Só recolhem quando alguém está vendo. E o dejeto vai para onde? Todo esse dejeto tem um destino e deveria ser tratado. E o xixi que ninguém limpa, que escoa para os rios? Calçadas cheirando a xixi de cachorro. A cidade é uma sujeira e o poder público deveria controlar a circulação de animais. Eles latem, mordem, assustam, sujam, contaminam as praias. No interior tem matilhas, praticamente selvagens, atacando rebanhos, exterminando animais silvestres, espalhando medo. Pra quê? É simples, o post diz que o senhor pode ter cachorro, mas pagaria um imposto anual, proporcional ao peso do bicho, valor que seria revertido para a limpeza urbana. Se não pagar, o animal é apreendido, se o imposto não for quitado em determinado prazo, é caso de perdimento. Cachorro sem dono não pode.

Promotor

Mas matar os bichos? O senhor não gosta de bichos?

Newton

Eu gosto de animais na natureza. Não gosto de bichos de estimação. Adoro árvores. Não é este o problema. Tem gente que tem medo de ser atacada, de ser mordida. O senhor já foi mordido? O senhor não come carne? Coelho? Porco? Vaca? Frango? Cabrito? Peixe? Na China comem insetos. Na África do Sul comem gnu. O jabuti é uma iguaria caiapó. Na Coreia comem cachorro. Mesmo sendo vegetariano... O senhor é vegetariano? Hitler era vegetariano. O senhor deve conhecer gente que se alimenta de carne, não conhece? São pessoas cruéis? Estimulam a crueldade? E depois, meu personagem propõe um método humanitário de abate, indolor, estimulado inclusive por movimentos internacionais de proteção à natureza e ao consumo sustentável.

Promotor

Seu artigo provocou uma comoção. As pessoas têm afeto pelos animais. Por isso, o senhor está aqui, por isso o Ministério Público resolveu agir.

Newton

Mutilam os animais, cortam orelhas, amputam rabos, castram, praticam a eugenia racial e sou eu a pessoa cruel? Cinismo. O meu personagem cogita de uma política ambiental. Todas as cartas de protesto que eu recebi, muitas delas são agressivas, o noticiário que saiu, está tudo publicado no meu blog. Eu não censuro. E vocês querem censurar?

Promotor

Vamos encontrar um meio-termo. E se o senhor inserisse uma nota explicando que a proposta é meramente ficcional?

Newton

Não.

Promotor

Mas o senhor não colabora com nada?

Newton
Colaborar com o quê? Eu colaboro escrevendo. Eu...

Promotor
Provocando.

Newton
Sim, provocando também. E daí?

Promotor
Bom, o inquérito está aberto e o senhor já sabe o que pode acontecer. É comum pessoas se retratarem quando cometem erros. É um gesto de humildade, não é desonra. Há exemplos disso. De personalidades que pedem desculpas. O senhor não acha que um artigo como esse prejudica sua reputação? O senhor não tem medo de ser cancelado?

Newton
Não.

Promotor
Eu acho que sim. Ou o senhor quer escandalizar, fazer rebuliço?

Newton
Isto é intolerância. Antigamente a subversão incomodava vocês. Hoje... Farsantes! Liberais de meia-tigela!

Promotor
Olha aqui, o senhor meça suas palavras. Sabe o que é desacato? Estou tratando o senhor com cordialidade. Eu não quero prendê-lo. Eu não quero aumentar ainda mais a polêmica. Mas o senhor não pode vir aqui e questionar a minha função. Somos concursados e movidos pelo interesse público. O senhor me respeite.

Newton
Eu também quero respeito. Sou escritor. Tenho livros traduzidos para dois idiomas.

Promotor
É outra coisa. Não estamos aqui questionando o valor dos seus

romances. O senhor foi infeliz e escreveu algo que não deveria ter escrito. Só isso. Acontece. O senhor mesmo deve saber disso.

Newton
Eu decido o que escrever.

Promotor
Sim, e depois responde pelo que for inadequado.

Newton
Censura?

Promotor
Não. Estado de Direito.

Newton
Sei.

Promotor
O senhor sabe que é crime também. O senhor pode ser acusado de apologia.

Newton
Crime? Que crime? O senhor quer me intimidar?

Promotor
Não é verdade.

Newton
Ah...

Promotor
O senhor está dispensado. Eu o convoquei porque imaginava encontrar uma solução não traumática para o problema que o senhor mesmo criou. Agora, nós vamos apurar esse projeto seu de eliminar animais. Um bom dia.

Newton
O senhor não pode tutelar.

Promotor
Bom dia. Acho melhor encerrarmos a conversa. O senhor receberá notícias. O senhor será intimado para um depoimento formal. Vou intimá-lo.

Filho

Filho
Buuuuu...
Newton
Que susto!
Filho
Peguei você!
Newton
Agora deita, filho. Está tarde. Fecha os olhos. Quer uma história?
Filho
Quero.
Newton
Qual você quer? Quer a do ouriço? A do Joãozinho Felpudo? Quer a da Chapeuzinho?
Filho
Faz surpresa, pai.
Newton
Ah, escolhe, vai.
Filho
A da Chapeuzinho.

Newton

Tá bom. Faz tempo que você não pede. Era uma vez uma menina que usava um casaco e um capuz vermelho, vermelho muito forte. Ela usava essa roupa tanto e todos os dias que todo mundo só a chamava de Chapeuzinho Vermelho. Quando ela crescia, a mãe costurava outro casaco, igual e maior, sempre a mesma roupa vermelha. Ficou sendo o apelido. Todo mundo a conhecia como Chapeuzinho Vermelho. A gente nem sabe o nome dela. Ninguém sabia.

Filho

A sua história é diferente.

Newton

Você acha?

Filho

Cada um tem um jeito, pai. É assim. A história da mamãe é diferente.

Newton

Então, cada um conta diferente. Não é legal assim?

Filho

É. Pai, tá escuro.

Newton

Tá na hora de dormir, filho. Fecha os olhos e escuta. Então, a Chapeuzinho Vermelho estudava numa escola muito especial. Uma escola-fazenda, numa cidade pequena, antiga, bonita, encantada, cercada por uma enorme floresta. A escola, cheia de bichos. As crianças cuidavam dos animais. Davam banho nos carneiros, tiravam leite das vacas, escovavam os cavalos, davam comida pros coelhos. Plantavam árvores, cuidavam das verduras, conversavam com os bichos. Os bichos falavam com as crianças e diziam ter muito medo do Lobo Mau. E as crianças conversavam com os bichos. Os professores eram mágicos, iluminados. E as crianças também aprendiam a ler, a escrever, aprendiam os números, a fazer conta, tinham aula de História, de Geografia. Sabe o que é isso? História é tudo o que acontece com as pessoas que moram num lugar, quem conserta as ruas, quem manda, o governo, esse tipo de coisa. Sabe? Geografia é a natureza. Você estuda a chuva, os rios, o mar, as montanhas, o frio, o calor, as plantações. Segura a minha mão. Assim. As crianças chegavam cedinho, brincavam, faziam as atividades todas, tinham aulas e depois almoçavam. A comida era deliciosa, tinha de tudo. Suco de frutas: caju, melancia, uva, maçã. Tinha saladinha, tomate, pepino, bifinho, feijão, batata. Sobremesa. Depois do almoço brincavam de novo e voltavam para casa. Um dia a Chapeuzinho chegou em casa e a mãe tinha feito um bolo delicioso. E ela falou: "Vou levar para a vovó".

Filho

Pai, quando eu aprender a ler você escreve um livro só pra mim?

Newton

Claro que escrevo, filho. Você quer?

Filho

Quero. Pai, por que eu não tenho avó? A sua mãe...

Newton

Filho, cada família é diferente. Não é? O papai já explicou pra você, o papai não tem ninguém. Um dia você vai entender.

Filho

Meus amigos têm avó e avô. Você viu a árvore da família que eu fiz na escola? Faltava um lado.

Newton

Eu vi, filho, ficou linda a sua árvore. Muito caprichada. Parabéns. Isso está incomodando você agora por causa desse trabalho que vocês estão fazendo na escola. A professora está ensinando vocês a compreender o tempo, e como eu sou diferente dos outros, você quer saber mais. Não se preocupa, não. É normal.

Filho
Mas eu não tenho avó paterno?
Newton
Você, hein, você está aprendendo muito, filho. É avô.
Filho
Paterno é o lado do pai, sabia? Minha árvore ficou com defeito, só tem um lado. Eu não sei o nome da sua mãe e o nome do seu pai nem o nome do seu avô nem o nome da sua avó. Todo mundo na escola tem avó paterno. Menos eu. Pai, quem morre não continua existindo?
Newton
Um dia você vai entender tudo isso, filho. É meio complicado. Uma família é diferente da outra. Você tem amigo que o pai é separado da mãe, não tem? Tem mulher que tem filho sozinha. Tem criança que tem duas mães e um pai. Tem criança que só tem pai. Eu não tenho pai nem mãe. Um dia você vai entender tudo isso. Agora, filho, escuta a história. Senão, você não dorme. É tarde.
Filho
Tá.
Newton
Então. A Chapeuzinho Vermelho adorava visitar a avó, que estava doente, de cama, e morava do outro lado da floresta. E ela levava sempre bolos, doces, tortas para a vovó. Todo dia que a Chapeuzinho ia para a casa da avó, a mãe dela falava: "Filha, você lembra que deve ir pela estrada que passa ao lado do rio. Nunca vá pela floresta por causa do Lobo. Toma muito cuidado". A Chapeuzinho era obediente e sempre ia pela margem do rio. Os bichos adoravam a Chapeuzinho, iam juntos os passarinhos e os coelhos. Ela sempre cantava a mesma canção, "pela estrada afora, eu vou bem sozinha, levar esses doces para a vovozinha". Um dia, filho, a Chapeuzinho estava indo pela estrada e ela ouviu uma voz que apareceu por trás de uma árvore gigante, uma

voz muito rouca: "Chapeuzinho, Chapeuzinho, toma cuidado que o Lobo Mau está esperando você". A Chapeuzinho parou de cantar e escutou: "Cuidado com o Lobo Mau, eu sou um amigo da floresta e vi ele se esconder lá na frente para pegar você. Ele tá com fome e falou que quer a Chapeuzinho". A Chapeuzinho ficou trêmula e falou: "Mas ele fica na floresta, não na beira do rio". A voz grossa falou: "Mas hoje ele está aí, esperando você, foge dele, vai pela floresta, pega a trilha da esquerda e desvia dele, toma cuidado, Chapeuzinho".

Filho
Pai.

Newton
O quê, filho?

Filho
Eu tenho um defeito.

Newton
Qual defeito, filho?

Filho
Eu não sei o que é esquerda e direita.

Newton
Filho, isso não é defeito. Um dia você vai entender. Eu também era assim. A sua mãe também, o seu irmão...

Filho
Quando eu pego o lápis pra desenhar, eu sei. É a direita.

Newton
Isso mesmo. Tá vendo, você está aprendendo.

Filho
Mas eu não sei o que é esquerda. Eu não decoro.

Newton
É essa mão aqui, ó. Não se preocupa com isso, não, filho. Você vai aprender. Agora, fecha os olhos, não enrola, não, tá? Eu te conheço. É tarde, escuta a historinha, escuta.

Filho

Tá.

Newton

A Chapeuzinho Vermelho, filho, não sabia o que fazer. A mãe dela sempre falava para não ir pela floresta. E agora? Ela não sabia o que fazer. Você sabe de quem era a voz?

Filho

Do Lobo Mau.

Newton

Isso mesmo. Olha que safado. A Chapeuzinho pensou, pensou. "Eu vou pela floresta e assim eu engano o Lobo Mau." Só que era o Lobo que estava enganando ela, tadinha. E ela não percebeu. E pegou a trilha da floresta imaginando que assim fugia do Lobo. Ela ia cantando: "pela estrada afora, eu vou bem sozinha, levar esses doces para a vovozinha". A floresta é escura, tem árvores enormes. Quando a Chapeuzinho chegou a um lugar com uma pedra imensa, cheia de mato e raízes, apareceu um coelhinho amigo e falou: "Chapeuzinho, o que você está fazendo aqui?". Ela respondeu: "Estou fugindo do Lobo". E o coelho: "Você está indo direto para a boca do Lobo, ele te enganou, volta para a beira do rio que lá o Lobo não consegue pegar você. Ele não aguenta a luz do sol. O Lobo Mau está escondido atrás desta pedra. Foge, corre comigo para a beira do rio". A Chapeuzinho Vermelho percebeu o plano do Lobo e saiu correndo com o coelhinho. O Lobo, filho, ficou uma fera. E falou: "Ainda como esse coelho". O Lobo pensou então: "Vou esperar a Chapeuzinho na casa da avó, ela vai ver só". A Chapeuzinho voltou correndo para a beira do rio e seguiu a estrada até a casa da vovó. O coelhinho e os passarinhos foram com ela, cantando. A Chapeuzinho chegou, tocou o sino que tinha na varanda da casa da vovozinha e escutou uma voz: "Quem é?". A Chapeuzinho falou: "É a sua neta, trouxe bolo e docinhos pra você, vovó". "Entra, minha filha, que saudades." Ela entrou e viu a vovó deitada na cama, de lado, toda coberta. Ela estava diferente. A Chapeuzinho falou: "Sua voz está grossa, vovó". "Peguei um resfriado, netinha." Você sabe que era o Lobo Mau disfarçado de avó, não sabe? Então... A Chapeuzinho perguntou: "Que olhos grandes, vovó, e estes óculos escuros?". O quarto estava sem luz e apareceu um pouco o rosto do Lobo. O Lobo disse: "É para te ver melhor, minha neta". "E esse nariz grandão?" "É a gripe. É para sentir seu perfume, minha neta." A Chapeuzinho olhava desconfiada para a avó. "E as orelhas?", perguntou a Chapeuzinho. "É para te escutar." A voz grossa não era da sua avó, pensava a Chapeuzinho. Ela se aproximou ainda mais. "E os olhos tão grandes?", perguntou. "É para te enxergar." Filho, filho... Você dormiu?

Juíza

Juíza
Como o senhor não aceita a proposta de cestas básicas, o processo vai seguir.

Newton
Realmente, eu não me sentiria confortável. Parece punição. Comprar mantimentos, distribuir para pobres... Eu não fiz nada errado.

Juíza
O senhor é acusado de preconceito, de incidir na Lei da Intolerância, por manifestar desapreço pela população do Rio de Janeiro.

Newton
Preconceito?

Juíza
A lei não proíbe apenas o racismo. A xenofobia e o preconceito regional, capaz de estigmatizar um grupo de pessoas, também é crime. O senhor é acusado de ofender os habitantes da segunda maior cidade brasileira. O mais importante ponto turístico do país. E uma cidade que se notabiliza justamente pelo calor humano, pela simpatia.

Newton

Eu fiz uma piada.

Juíza

Piadas também ofendem.

Newton

Há um contexto. Eu falei...

Juíza

Eu vi o programa.

Newton

Então, há um contexto. Eu fui entrevistado sobre o meu último livro, o pessoal da produção pediu que eu ficasse um pouco mais, para a gravação de um bloco final de perguntas curtas, ao lado de uma atriz de novela, que havia sido entrevistada no mesmo dia. Eu odeio programas de televisão. Mas é uma maneira de agradar a editora. Faz parte do meu contrato. É tudo muito estúpido. A apresentadora queria saber das minhas cores preferidas, dos sabores culinários. Veio então a pergunta: "Um sonho impossível". A atriz, com acentuado sotaque carioca, emendou: "Paris sem os parisienses". A entrevistadora sorriu discretamente, cara de inteligente, óculos na mão, como se eu tivesse algo profundo a dizer, e eu emendei: "O Rio de Janeiro sem os cariocas". Foi uma piada.

Juíza

O senhor estava na televisão, um programa de muita audiência. Passa até em Portugal. Existe uma responsabilidade no que se diz em público. O senhor é escritor. Não se faz propaganda do preconceito. O senhor viu a quantidade de mensagens de protesto, viu a repercussão no Twitter, a reação dos vereadores? E o espanto da apresentadora, na hora? A atriz se sentiu ofendida. O senhor foi denunciado.

Newton

Eu realmente não acho legítimo, num país livre, alguém ser perseguido por uma frase, por um pensamento. Eu...

Juíza

O senhor não está sendo perseguido.

Newton

Ah, não? Este processo é o quê?

Juíza

O senhor pode ser absolvido.

Newton

Não parece. E eu não quero é ser processado.

Juíza

Mas o processo já existe. Não soa estranho "Rio de Janeiro sem os cariocas"?

Newton

Ah... A senhora não parece interessada em "Paris sem os parisienses".

Juíza

O senhor quis dizer o quê?

Newton

Não gosto de explicar o que eu digo.

Juíza

Estou vendo. Tem no processo cópia de uma entrevista sua mais antiga, isso, há dois anos, em que o senhor também manifestou implicância com a cidade. O senhor reclamou do sotaque carioca na televisão, do sotaque dos dubladores dos programas infantis, dos desenhos animados.

Newton

Eu quero diversidade. A televisão impõe um jeito de falar que não é o jeito do país falar. É um massacre cultural. O uso de gírias impróprias, que não fazem parte do cotidiano das crianças de tantos lugares. É autoritário. Os três porquinhos falando "irado, irado", convenhamos, é ridículo. Dubladores com sotaque caricato. Deveriam estar no fonoaudiólogo, não na televisão influenciando a fala das crianças.

Juíza

O senhor falou em "natureza carioca", como se...

Newton

Cada cidade é uma cidade. Há componentes de caráter humano, psicológico, geográfico, econômico que interferem no comportamento coletivo, que fazem um agrupamento de pessoas ser diferente de outros. Isso não é preconceito. É antropologia. Eu falava da violência, da falta de regulamentação das coisas. Dos automóveis na calçada, do táxi que não respeita o taxímetro. Do mar sujo. Da leniência. Olha, há ambulantes dentro do fórum!

Juíza

Estou vendo aqui, o senhor ridicularizou até a escolha do Cristo Redentor como uma das maravilhas do mundo.

Newton

A montanha é linda, o monumento é feio, muito feio. Por mim, poderia ser demolido.

Juíza

Demolir o Cristo? Além de escritor, o senhor exerce alguma atividade profissional, econômica?

Newton

Faço traduções, roteiros.

Juíza

O senhor é de São Paulo? O que o senhor pensa da rivalidade entre as duas cidades?

Newton

Tolice. Não sou de lugar nenhum, mas, sim, moro em São Paulo. Parece que não se pode mais falar do Rio. Como se um olhar crítico para a cidade não fosse mais legítimo.

Juíza

Imagina...

Newton

Pois é, a entrevista foi em São Paulo e eu sou réu no Rio, processado por uma juíza carioca.

Juíza

Eu sou de Niterói.

Newton

O Rio sem os cariocas...

Juíza

O senhor quer declarar algo em sua defesa? O senhor tem o direito de dizer tudo o que pensa.

Newton

É? Eu tenho o direito de dizer tudo o que penso? E o processo? Eu me sinto perseguido. O que vocês querem? Que eu me retrate? Está fora de cogitação. Querem que eu me desdiga, por medo, que fale que tudo não passou de um mal-entendido? É isso?

Juíza

Eu não acuso o senhor de nada, não estou exigindo nada. Estou seguindo os trâmites jurídicos. Cumprindo a lei. Vou julgá-lo porque a acusação apareceu na minha frente e o senhor não quis fazer a composição. Eu não escolho os processos que chegam. É um sorteio. Não me preocupa o que as pessoas pensam das minhas decisões. É a minha consciência que vale. Se o senhor merecer ser absolvido, o senhor será absolvido. Pode ter certeza. Vou analisar com imparcialidade as suas intenções. O processo faz parte da convivência humana.

Newton

Agora eu tenho que me preocupar com o que as pessoas pensam daquilo que eu escrevo? Para não ser processado? É isso? Eu não entendo mais nada.

Juíza

O senhor não tem advogado?

Newton

Não gosto de advogados.

Juíza

Mas precisa. Senão, vou nomear um defensor público para representá-lo no processo.

Newton

Vou ver...

Juíza

Pela lei, o senhor deveria ser julgado hoje. Tudo deve ser informal. Aqui nós somos rápidos. Mas eu vou adiar.

Newton

Por que prolongar isso? Eu vou ter que voltar?

Juíza

Vai. O senhor vai sair intimado. E venha com advogado. Quero que o senhor seja defendido. Ah, e venha com algum documento. Dispensei a apresentação do documento hoje porque reconheci o senhor pelo vídeo. Mas eu preciso qualificar o senhor.

Newton

Eu posso me defender agora. Quem paga as despesas? Eu não fiz nada. Eu vim de táxi, não sei se estarei na próxima audiência.

Juíza

O senhor veio de táxi? Deve sair mais caro.

Newton

Eu não voo. O motorista é meu amigo. Ele veio visitar a irmã. Não podemos resolver tudo agora? Por que deixar para depois?

Juíza

Não. Existe um processo aqui. Eu aceitei a denúncia. Quero que o senhor seja bem defendido. Vou marcar a data do julgamento e o senhor deve comparecer. Senão, eu julgo à revelia. Sabe o que isso significa? Alguma dúvida?

Newton

Não.

Delegado

Newton
Não tenho cicatrizes.
Delegado
Tatuagem?
Newton
Que barbaridade é essa? Tatuagem? Cicatriz?
Delegado
E não seria necessário, eu disse a você. Mas eu não tenho escolha e vamos preencher o boletim de identificação. A lei manda. Como eu disse na universidade, nós temos um problema aqui para resolver. Tem um inquérito na Polícia Federal porque você acusou um senador de ser ladrão de obras de arte e ele não consegue processar você porque não tem a sua identidade. Entendeu?
Newton
Ele coleciona peças barrocas. São furtadas de igrejas brasileiras há décadas. Ele alega desconhecer a origem criminosa das peças. Mas todo mundo sabe.
Delegado
O problema aqui é outro, meu caro. Estou me lixando pro senador. O problema é o anonimato. É inconstitucional.

Newton
Mas que anonimato? Estou aqui, em carne e osso. Diante do senhor. Anonimato? Anonimato é ocultação. Eu não me escondo. Estou aqui.

Delegado
Está aqui porque eu li no jornal que você ia estar na cidade pra dar a conferência na universidade. Eu consegui intimar você por isso. Ninguém sabe quem você é. Ninguém. Nem a editora. Nem os seus leitores. Nem o hotel em que você está hospedado.

Newton
Sabem que eu sou Newton.

Delegado
Newton de quê?

Newton
Não tem sobrenome.

Delegado
É? Não tem sobrenome, não tem RG, não tem CPF. Acha que eu sou idiota?

Newton
Não, não é isso. Mas é assim mesmo.

Delegado
Eu vou descobrir quem você é. Não adianta. Vou tirar suas impressões digitais. Eu vou descobrir, vou pôr suas impressões no sistema nacional, seu retrato, é questão de tempo. Vou chamar o Setor de Inteligência se for preciso. Vou jogar suas impressões no sistema americano. No FBI. Há um tratado de colaboração. Na Interpol...

Newton
É apenas Newton. Não tenho impressões no sistema. E essa coisa de anonimato não existe. Tudo o que eu escrevo é assinado. Tenho endereço em São Paulo, está publicado no meu blog.

Tem um expediente que me identifica. Eu sou quem eu sou e posso ser encontrado na minha casa. Tudo transparente.

Delegado

Identifica alguém que não existe. Quem é L.?

Newton

Minha mulher.

Delegado

Se você casou, você tem nome.

Newton

Não somos casados.

Delegado

Por que ela recebe seus direitos autorais?

Newton

Uma coisa leva a outra. Porque não tenho CPF, não tenho conta em banco. Eu cedi os meus direitos para ela. Faz tempo. Ela me agencia e recolhe os impostos, faz declaração de renda, tudo regular.

Delegado

Regular? Parece simulação, fraude tributária. Onde você nasceu?

Newton

Não há registro.

Delegado

Onde você estudou?

Newton

Sou autodidata.

Delegado

Assim eu vou ficar nervoso.

Newton

Mas é verdade. Não sou obrigado a ter RG ou CPF para viver.

Delegado

Não? Ninguém vive assim em lugar nenhum. Qual a sua filiação?

Newton
Não há registro. Eu vivo assim.
Delegado
Não complica, rapaz. Sua mulher está aí fora. Eu vou ter que incomodá-la. Pra quê?
Newton
Ela não tem nada a dizer.
Delegado
Ela não sabe quem você é?
Newton
Sabe que sou Newton.
Delegado
Qual sua idade?
Newton
Não tem registro.
Delegado
Porra! Você acha que estou brincando, é?
Newton
Não.
Delegado
Como você veio para Brasília?
Newton
Ônibus.
Delegado
Profissão?
Newton
Escritor.
Delegado
Então, vamos preencher o boletim de identificação. Tatuagem? Tatuagem?
Newton
Sim. Uma pequena.

Delegado
Onde? Mostra.
Newton
No braço. Sou obrigado a mostrar? E a minha intimidade?
Delegado
É. E vou fotografar.
Newton
É só uma âncora.
Delegado
Antebraço esquerdo, âncora... Pele branca, olhos castanhos, cabelos castanhos. Altura?
Newton
Nunca medi.
Delegado
Porra! E nunca pesou também. Acha que eu sou idiota. Magro, nariz adunco. Alguma deformidade? Cacoete? Sem sotaque...
Newton
Deformidade? Cacoete? Pra que isso?
Delegado
Tudo bem, tudo bem. Só não me faz perder tempo. Como você tem passaporte se não tem documentos?
Newton
Eu não tenho passaporte.
Delegado
É? Eu achei na internet uma foto sua na Espanha, em Madri. Eu verifiquei. Você esteve lá. Não é montagem.
Newton
Eu consegui viajar sem passaporte.
Delegado
É? Isso não existe. Ninguém sai do país, ninguém entra na Europa sem passaporte. Você tem dupla cidadania, passaporte de outro país, é isso?

Newton
Não, eu simplesmente viajei. Eu me reservo o direito de me calar sobre esse assunto.

Delegado
Cara, eu vou descobrir tudo de você, tudo, não adianta. Carta de motorista? Título de eleitor? Cartão de crédito? Plano de saúde... Qualquer coisa, porra.

Newton
Não tenho. Não guio. Não voto.

Delegado
Você usa documento falso? Você esconde alguma coisa que fez no passado, algum crime?

Newton
Não, nunca... Tenho só um cartão de visita. Olha aqui, "Newton", tem o meu endereço, o meu blog, o meu e-mail.

Delegado
Este endereço.

Newton
É a minha casa.

Delegado
Casa da sua mulher. Se você não for encontrado lá pelo oficial de justiça, para te intimar, eu vou te procurar nem que seja no inferno. Toma cuidado comigo, hein, estou de olho em você.

Newton
Não. É a minha casa também. É lá que eu fico. Eu trabalho lá.

Delegado
Você sabe que está sendo indiciado aqui por calúnia. À toa.

Newton
Não sei por que esse tratamento especial.

Delegado
Por causa do anonimato e do atrevimento. Vou apreender o seu laptop.

Newton
Mas por quê? Eu não estou entendendo.
Delegado
Eu disse, vou investigar você.
Newton
Eu preciso do computador pra trabalhar.
Delegado
Vamos fazer becape de tudo. Para os peritos. Depois eu devolvo.
É rápido, poucos dias.
Newton
Poucos dias? Que invasão!
Delegado
É mesmo. É porque você não colabora. Este livro aqui, *The Koran*... Por que você está lendo o Corão?
Newton
Eu estudo religiões. Algum problema?
Delegado
Não sei. Vamos ver. Eu não gosto de perder tempo com o senador, mas também não gosto dessa esquisitice sua. Agora você vai tocar piano, tá vendo? Vai ser fotografado, tá vendo? Vou pedir amostra da sua saliva, da sua bochecha, quero o seu DNA. E depois, espera lá fora. Chama sua mulher aqui, quero conversar com ela.

L.

L.
Adoro quando você me chupa.

Newton
Sua boceta está doce, um potencial hidrogeniônico delicioso.

L.
Safado, cientista da sacanagem.

Newton
Adoro chupar você.

L.
Gozei demais. Seu caralho estava muito duro, muito grande, muito gostoso.

Newton
Você que é tesuda.

L.
Você meteu muito forte, Newton.

Newton
É?

L.
É. Quase acordamos os meninos. Adoro foder com você. Olha o meu estado.

Newton
Barulhenta.

L.
Culpa sua.

Newton
Sei.

L.
Verdade. Beija a minha boca. Sente o gosto do seu pau, delícia. Beija.

Newton
Safada.

L.
Por que você é assim, Newton, tão tesudo, tão tarado? Ah, estou cheia de porra.

Newton
Gostosa.

L.
Vou dormir gostoso. Só falta um leitinho bem quente. Você busca?

Newton
Já, já.

L.
O que você fez com a minha calcinha?

Newton
Tá aqui.

L.
Escuta, você está aéreo. Você continua aflito, não é? Fala comigo.

Newton
Não, está tudo bem.

L.
Eu te conheço, Newton.

Newton
As intimações...
L.
Você é doidão, dá nisso.
Newton
Você não gosta?
L.
Amo. Meu tesão misterioso. Meu tesão sem começo e sem fim. Mas escuta, vai dar tudo certo, o advogado que o meu pai arranjou é fodão, não é?
Newton
Muito caro.
L.
É o preço das suas loucuras, querido. Mas, sério, precisamos cuidar bem dessas coisas. Não se preocupa, tá? Você tem dois filhos para criar e uma mulher para foder. Dinheiro é para isso.
Newton
Eu sei.
L.
Então. Não fica triste, amor. Eles não vão pegar você. Olha, a coisa da viagem, hein, se alguém te perguntar, não diz o nome dele, nunca, não fala do avião. Sei lá, este é um segredo importante.
Newton
Sim, eu sei. Você é a única pessoa que me respeita. O jeito que eu sou. Você sabe disso, não sabe?
L.
O que ele disse para você?
Newton
Quem?
L.
O advogado, Newton.

Newton

Ah, está tudo bem. Assinei as procurações. Ele vai acompanhar os processos.

L.

Mas o que ele disse?

Newton

Ele ainda não analisou tudo. Nós só conversamos. Eu vou voltar lá. O que me incomoda é todo esse movimento. Não é grave, não, você não precisa se preocupar, linda.

L.

Ótimo. Essas coisas não podem ficar largadas, não. É como sua mulherzinha. Vem.

Newton

Vou.

L.

Sério. Tudo deu certo até agora. Desafiando tudo. Você é um puta escritor, mas as pessoas não te entendem. Não é? Essa vida marginal que você leva, marginal de verdade. Você não existe, meu amor. Você não tem rastro, não tem raça, você não é nada. Você é como uma nuvem. Você não tem raiz, não tem Deus. Vamos tomar cuidado, tá? Vamos tomar conta desses casos, tá?

Newton

Tá.

L.

O que ele disse de você não ter nome?

Newton

Eu tenho nome.

L.

Newton, eu estou falando sério, porra. O que ele disse?

Newton

Disse que nunca viu ninguém assim. Vai procurar jurisprudência.

L.

Eu também nunca vi.

Newton

Ei, você está se tocando. Você...

L.

Fala bobagem no meu ouvido, fala baixinho, fala, meu menino gostoso. Vem, meu magricela desnorteado, meu bezerro deslambido.

Newton

Como você é safada.

L.

Fala.

Newton

Tesuda, putinha.

L.

Ah...

Newton

Imagina o meu pau encostado na sua pele, quente, duro, latejando.

L.

Isso. Você é minha poesia maldita, desconexa. Pintudo. Suas veias salientes, seus olhos enormes, filho da puta, lindo, manso.

Newton

Imagina você de quatro.

L.

Ai. Vem.

Newton

Aberta, arrebitada. Eu encostando o pau na sua boceta, brincando com você, pincelando.

L.

Ai.

Newton

A cabeça esfregando... Goza, tesuda.

L.
Eu vou gozar mesmo. De novo.

Newton
Eu enfio em você o meu pinto. Enfio mais, mais, mais...

L.
Ai, fala mais.

Newton
Abro sua bunda com as mãos. Enfio tudo.

L.
Isso.

Newton
Imagina você aberta, eu comendo você. Sentindo o meu pau deslizar. Entrar e sair. Grosso e quente, devagar. Fodendo você. Gostoso. Socando o meu caralho.

L.
Assim.

Newton
Tesuda.

L.
Não para, não para.

Newton
Goza. Sente o meu pau enfiado na sua boceta. Fundo. Socando. Forte. Você gemendo. Suando. O meu caralho enfiado. Melado, entrando e saindo.

L.
Ai.

Newton
Metendo mais forte agora, mais rápido.

L.
Hum.

Newton
Apertando você com força. Aberta, segurando você pela cintura. Fodendo. Forte.

L.
Fode.

Newton
Goza. Goza.

L.
Vou gozar, não para.

Newton
Goza. Imagina eu apertando você. Você sentindo um jato quente, dentro de você. Putinha safada, vadia. Gostosa. Adoro a sua cara de gozo, os seus pés. Goza. Socando, enchendo você de porra. Goza, goza.

L.
Vou gozar, ah...

Newton
Goza. Assim... Goza. Amo você. Goza. Fodendo muito rápido e muito forte.

L.
Ah, puta que pariu...

Crítico

Crítico
Não sabia que você é ligado a Santos.

Newton
Adoro Santos. O mar todo, essa luz. L. tem este apartamento. Venho quando posso.

Crítico
E que história é essa de dar entrevista? Inédito, hein? Tem a ver com os processos?

Newton
É.

Crítico
Quem diria, você falando espontaneamente... Sabe que tenho autonomia para publicar o que for. Senão, não faço.

Newton
Jornalismo independente.

Crítico
Isto mesmo, engraçadinho. Por que eu?

Newton
Sempre gostei da sua revista. Você tem reputação. Sei lá. Obrigado por ter vindo.

Crítico
Eu estou a trabalho, não estou fazendo favor.

Newton
Eu sei. E você nunca teve muita simpatia por mim.

Crítico
Simpatia? Não se trata de simpatia. Não tenho impedimento para entrevistá-lo. Você é um escritor em ascensão. Eu te conheço faz tempo. Acho que você tem o que dizer. Não é questão de simpatia. É interesse.

Newton
Obrigado por ter vindo.

Crítico
Quantos processos são? Quatro, não é?

Newton
Quatro.

Crítico
O do anonimato...

Newton
É absurdo.

Crítico
Eles querem saber quem é você.

Newton
Eu sou Newton.

Crítico
Há pelo menos quinze anos. Antes de L. te conhecer. Sou testemunha ocular da sua existência. Eu me lembro de você, ouvinte, nas salas de aula da Letras, Newton, o que vendia folhetins, como um mascate, e era solitário, avesso a tudo, prepotente. Mas o que eles querem é saber quem você é antes de ser Newton.

Newton
E se eu não tenho memória?

Crítico

Você perdeu?

Newton

Isso importa?

Crítico

As pessoas não acreditam em você.

Newton

Você acredita?

Crítico

Isso importa? Você deve sofrer. Seus filhos são registrados com o seu nome?

Newton

Isso não me incomoda. Eu sou o pai deles. É por eles, eu brigo por isso na Justiça. Entramos com um processo requerendo o direito de registrar a paternidade de Newton nos dois nascimentos e dar a eles um novo sobrenome, "de L. e Newton". Nada me obriga a ter certidão de nascimento, carteira de identidade, cadastro na Receita. Mas a falta dos documentos está me prejudicando.

Crítico

Não sei.

Newton

Eu conheço as barras dos tribunais, meu caro. Escrever é perigoso. Nada se compara ao medo de escrever algo que já foi escrito, mas não desejaria um tribunal para ninguém.

Crítico

Fico pensando no nome que você inventou, Newton.

Newton

Eu não inventei.

Crítico

Seu primeiro romance faz paródia da lei de Newton, algo como "quando se dobra a distância entre dois seres que se amam, a atração entre eles será quatro vezes maior". E você também é casmurro. Dizem que Newton era. Além de paranoico.

Newton
O que é mais espantoso, o fato ou o pensamento em torno do fato?

Crítico
Não entendi.

Newton
Não importa. Deixa pra lá. Se você tem de explicar a piada, ou a piada não é boa ou você a contou pra pessoa errada.

Crítico
O que você acha que vai acontecer?

Newton
Não sei. A pressão está aumentando. Um traque de jumento virou tufão de ventania...

Crítico
Você e as suas citações. Estão virando senso comum, sabia? E por que será?

Newton
Não sei. Eu e L. vivemos praticamente reclusos. Só a escola dos meninos, o comércio local, poucos amigos. Não incomodo ninguém, só escrevo, ela esculpe o tempo todo. Você não vê a gente em colunas sociais, em festas. Às vezes sou agressivo, mas não compreendo esse ímpeto de ferir. Os processos. As intimações. As advertências. As autoridades. O confisco do meu tempo. Falar com advogados.

Crítico
O que o seu advogado diz?

Newton
Às vezes ele parece inseguro. Todos parecem. Não sei. É porque eu diverjo de todo mundo. Eu recebo frequentes relatórios do andamento dos casos. A imprevisibilidade. Parte da engrena-

gem da intimidação, o advogado administra a expectativa do cliente. Não é?

Crítico

É divirjo. O que você quer?

Newton

Espernear. Mas eu sou estranho, e os estranhos...

Crítico

O que seu advogado acha de você espernear?

Newton

Ele está de acordo. Estamos também consultando um jurista. Ei, eu não sou cretino. Você faz parte da minha estratégia. Não quero sensacionalismo. Quero repercussão dirigida.

Crítico

Você pensa em explicar de onde Newton veio?

Newton

É o que a polícia quer.

Crítico

O que significa espernear?

Newton

Quero mostrar a perseguição, o labirinto burocrático em que eu me meti. Só por ser diferente, sem vida burocrática. É o meu jeito de me defender. Uma pessoa perseguida por pensamentos que externou. Não é grave? Ou eu sou paranoico?

Crítico

Parece grave. Mas você capricha na provocação. Não se ataca todos ao mesmo tempo.

Newton

Então.

Crítico

E o que você vai me contar a respeito de Newton?

Newton

Nada. Você não entendeu. Onde e quando Newton apareceu?

Quer estabelecer qual o registro mais remoto da minha existência? Você acha que seria tão fácil assim, perguntando? Quem pode falar em data e local são os outros. Você lembrou a Escola de Letras. Outros lembrarão instantes diferentes. Você está perguntando para a pessoa errada. Se você acha importante, então descubra quando e onde eu apareci. Toda e qualquer pessoa que me conheceu na vida está autorizada a contar o que sabe. Posso assinar um documento para você. Quer?

Crítico
Eu não sou repórter.

Newton
Tenta ser.

Crítico
Você se mudou para São Paulo...

Newton
Mais uma vez, você está perguntando para a pessoa errada. Eu ficarei mudo.

Crítico
Imagino o ódio de quem te interroga.

Newton
Você vai entender. Eu sou o que sou. Sou Newton, nada mais.

Crítico
Não basta escrever? Você quer ser personagem de você mesmo? Newton de Tal...

Newton
Taí um belo sobrenome. Quero um, se isso ajudar. Não foi assim que surgiram os Tales? Com um sobrenome, quem sabe... Quantos anos eu aparento ter?

Crítico
Quarenta anos? Quantos anos você tem?

Newton
Ah...

Crítico
Você gosta de viver correndo risco.
Newton
Que nada. Sou uma pessoa normal. Não toleram que eu exista assim, mas não me dão um registro. O mal que cometo é com palavras. A pessoa deve simplesmente existir ou ela só pode existir se for registrada e inofensiva?
Crítico
Qualquer um dirá que a pessoa deve simplesmente existir.
Newton
Não para mim.
Crítico
O que está tocando?
Newton
John Dowland, "Flow, my tears". Vem, vamos tomar um suco, sentar na varanda, ver o mar.

Professor

Professor
O seu caso me interessa.

Newton
Até onde entendo, a pessoa existe porque nasceu, não porque foi registrada.

Professor
Sim, o Brasil adotou a teoria natalista. Basta nascer e viver. Mas, paradoxalmente, estamos vendo que não basta. A lei estabelece o direito de ser registrado, um direito da personalidade. Por isso, o pai que não registra o filho é multado. Ser registrado é também uma obrigação. O estado moderno exige. Cada vez mais cadastros, números, senhas.

Newton
Mas nós temos um fato consumado. Eu existo, sem registro. Por isso eu procurei o senhor. E depois, pune-se o pai pela falta do registro, não o filho sem registro. Não teria lógica.

Professor
Nunca me deparei com essa situação. De certa forma, você escolheu um caminho difícil. Seria mais fácil inventar uma data, uma cidade. Muitos fazem isso.

Newton

Seria falsidade.

Professor

Eu não estou aqui para julgá-lo, filho, calma. Estou apenas dizendo que seria mais fácil.

Newton

Obrigado por me receber na sua chácara. É uma deferência que agradeço. Eu sei que o senhor está aposentado, mas o senhor daria o parecer? Para o processo que movo para o registro da paternidade dos meus filhos. Eles querem.

Professor

Eu preciso pensar. Estudei o processo. Acho que é um caminho. O problema é que não existe súmula administrativa sobre a matéria. Ninguém saberia resolver essa contenda. Por isso, na minha opinião, primeiro você deveria organizar um dossiê a seu respeito.

Newton

Um dossiê?

Professor

Exatamente. Como você não tem registro, você tem que provar que existe.

Newton

Não basta existir?

Professor

No seu caso, não. Você precisa acumular informações burocráticas, papéis. Por exemplo, o exame de DNA comprovando a paternidade de seus filhos. Onde você viveu antes de morar com L.?

Newton

Eu morei quase dez anos na casa de uma senhora que alugava quartos.

Professor

Peça uma declaração.

Newton

Ela morreu.

Professor

Não ficou ninguém? Direitos autorais. Você cedeu seus direitos para L., não é? Vamos comprovar os pagamentos, mostrar os contratos. Cartas? Você tem envelopes recebidos pelo correio?

Newton

Devo ter. Eu junto papel.

Professor

Então, reunir o máximo possível de comprovação de vida civil. Provar que Newton existiu ao longo do tempo. Hospital. Você já foi atendido, hospitalizado?

Newton

Sim, uma vez. Quebrei o braço. Eu tenho...

Professor

Já doou sangue? Vai ao dentista?

Newton

Sim.

Professor

Ótimo. Reúne tudo, radiografias do braço, da arcada dentária. Tudo. Qualquer coisa. Até onde você consegue retroceder no tempo?

Newton

Eu não sei.

Professor

Uma declaração da L. reconhecendo a união estável de vocês, informando quando te conheceu. Você pode ser membro da União dos Escritores, eu te apresento: você tem prestígio literário, você seria admitido só como Newton. Vão tratar isso como excentricidade, não criarão obstáculos. Importante pegar uma carta da escola dos seus filhos mostrando que você é assíduo. Com todos os documentos que você conseguir reunir, você pode fazer pedidos para as autoridades. Pedir certidão de nascimento, ainda que sem data, sem filiação e sem lugar. Pedir RG para a polícia. Pedir CPF. Pedir carteira profissional. Previdência. Pedir passaporte. Pedir tudo que seja possível pedir. Eles provavelmente não saberão resolver o problema. E depois entrar com mandados de segurança. Isso pode ser um caminho. Demorado. Trabalhoso. Mas é o único caminho possível. Provavelmente você só terá chance no Supremo.

Newton
Então vai demorar.

Professor
Vai. Qual alternativa você tem? Você precisa mostrar que existe e que está exercendo direitos, o direito de ser livre, mas também o direito ao esquecimento, ao anonimato. Estes processos criminais. Os processos mostram que você existe. Não mostram? Diga uma coisa, há vinte anos Newton já...

Newton
Sim. Por quê?

Professor
Estou pensando em prescrições. Depois de vinte anos, tudo que uma pessoa possa ter feito estará prescrito. Até os crimes. Você, eu presumo, não se alistou no Exército, não é eleitor e o voto é obrigatório. São faltas que você cometeu ao longo da vida.

Newton
Eu tenho um filho, criado só pela mãe, registrado por ela. Ele tem vinte anos. Mas é filho de Newton. Mas eu não quero en-

volvê-lo em nada. Não mantemos contato. Professor, antigamente não existiam registros. As pessoas eram identificadas apenas pelo nome e pelo lugar de onde vieram ou onde viviam ou pelo ofício que exerciam.

Professor
É verdade. Mas os registros existem há séculos. As paróquias. Os passaportes. Os papéis foram se disseminando.

Newton
Por que me pedem um sobrenome? Eu não quero ter sobrenome.

Professor
Provavelmente você ganhará um, quer você queira ou não. Isso se você ganhar a causa. Curioso. É para que você não seja confundido com pessoa homônima.

Newton
Mas não há outro. Apenas Newton? Certamente não há outro. Ninguém se confundiria.

Professor
Verdade. Estamos construindo a sua causa. Você notou? Como os juízes olharão para o seu caso?

Newton
Vão achar que eu sou esquisito. O que o senhor pensa?

Professor
Como você justifica o mistério em torno do seu passado, como algo que pode ser banido do conhecimento dos outros? Há um momento a partir do qual, segundo você, não há mais registro.

Newton
Eu preciso justificar?

Professor
Temos que dar a eles um bom motivo. O processo é a engenharia do saber pedir. O pedido não pode ter motivação imoral, uma motivação que pareça imoral, compreende? Ou algo frívolo.

Newton
Eu não vejo saída. Não tem como eu ser apenas o que sou? O senhor não confia em mim. Por isso disse que vai pensar a respeito do parecer, não é?
Professor
Não se trata disso, filho. Você conhece alguém sem certidão de nascimento, sem sobrenome, sem idade?
Newton
Existe algo que eu possa fazer rapidamente? Não é por mim, é pelos meus filhos. A L. está aflita. Quero ajudá-la.
Professor
Trabalhar no dossiê. Podemos fazer rapidamente aquilo que só depende de nós. O que depende dos outros está fora de controle. Você precisa de um advogado que entenda muito de administração pública e de constitucional e que seja hábil. Ágil. Você e L. podem pagar. Pede a ajuda da L. para o dossiê.
Newton
Sim.
Professor
A sua briga deve ser pública.
Newton
Eu não quero expor a minha família.
Professor
Quanto mais sigilosa for a sua causa, mais chance você terá de perder.
Newton
Eu não quero ser um *case*...
Professor
Você é um *case*...
Newton
Quero viver discretamente.

Professor

Os seus caminhos sempre são os mais difíceis. Onde você estudou?

Newton

Eu não fiz escola. Era ouvinte. Sem boletins ou passagem de ano ou vestibular. Não fui o primeiro a fazer isso.

Professor

Espero que você não oculte de mim algo que poderia ou deveria contar... Eu vou lhe dar o parecer. Além de tudo, prezo muito quem me indicou a você. Você começa a fazer o dossiê hoje.

Newton

Sim. Muito obrigado. Eu não tenho nada a esconder.

Professor

Muito bem. Temos como provar que você frequentou como ouvinte a universidade, não temos?

Newton

Sim. Tenho cadernos, provas corrigidas. Como eu não era matriculado, as provas eram devolvidas. Alguns professores só davam nota, alguns comentavam. Tem assinaturas, avaliação, frequência. Eu fazia parte das classes. Eu usava a biblioteca e as bicicletas da universidade.

Professor

Ótimo. Colegas, amigos, professores?

Newton

Sim, algumas pessoas conhecem Newton.

Professor

Você está aflito. Posso perguntar algo íntimo?

Newton

O quê?

Professor

A L. acha que você teria algo para contar e que esconde?

Newton

Ela confia em mim.

Professor

Não foi o que perguntei. Ela sabe que antes de Newton aparecer existia alguém. Como ela lida com essa sua insistência em ocultar? Você não é Kaspar Hauser. E ela sabe disso. Isso te aflige?

Escrivão

Escrivão
Que porra é essa?
Newton
Ele é louco. Ele me atacou.
Escrivão
Ele disse que você mata cachorros.
Newton
Loucura dele. Eu não fiz nada. Ele veio tirar satisfações, gritando, eu não sei por que nem de onde ele veio. Ele me empurrou. Eu me desvencilhei para me defender. Foi só isso. Ele caiu. Mas eu não tive intenção.
Escrivão
É um idoso.
Newton
Ele me atacou.
Escrivão
Olha, eu vou ter que chamar o delegado. Essa história... Quero ver um documento seu. Mostra um documento.
Newton
Eu disse, não tenho documento. Mas eu moro... Olha, o senhor,

por favor, pode telefonar para a minha mulher. Ela virá aqui e tudo fica esclarecido. Eu não agredi esse senhor. Eu tenho testemunha. O dono da banca me conhece. Ele viu tudo. Só me defendi, eu me desvencilhei do ataque, ele caiu e se machucou. Mas eu não tenho culpa. Lamento, mas esse homem é louco. Deve ser louco. Nunca vi nada assim. Ele apareceu do nada.

Escrivão

Tudo bem. Eu preciso registrar a ocorrência. Eu já conversei com a outra parte. Já registrei a versão dele. Tenho que registrar a sua também. Se você não tem o documento aqui, você me dá o número. Tenho que fazer uma busca no sistema. Isso faz parte da rotina. Se eu não fizer a busca com o seu RG, a encrenca passa a ser minha.

Newton

Eu não tenho RG.

Escrivão

Olha, todo mundo tem RG. Qual o seu nome?

Newton

Newton.

Escrivão

Nilton. Nilton de quê?

Newton

Newton. É só Newton. Pode dar um Google, o senhor vai encontrar notícias de quem eu sou.

Escrivão

Você quer arrumar zica, é? Você tem passagem? Ou mandado de prisão?

Newton

Não, não é isso.

Escrivão

Não é isso o quê? Olha, eu conversei com a testemunha da praça, o dono da banca, ele confirmou que você não agrediu o idoso. Tá tudo certo. Mas eu tenho que fazer o BO. É importante para você porque se esse velho é louco, como você diz, ele pode vir com um processo contra você, pode ir à Corregedoria se eu não fizer a coisa direito. Então, o BO te ajuda também. Você está entendendo isso? Então, me dá o seu RG, porra, e você vai embora daqui. Senão, eu tenho que falar com o delegado, ele vai ficar puto da vida.

Newton
Olha, eu agradeço a sua paciência, mas eu não tenho mesmo documento, eu não tenho mesmo sobrenome. Conversa com a minha mulher, ela vai confirmar. Eu tenho advogado, ele também pode explicar tudo, eu não sou obrigado a ter RG, essas coisas. Entende? É que as pessoas não estão acostumadas com isso. Mas não é ilegal.

Escrivão
Porra, você vai foder o meu plantão. Porra. Eu não queria me atrasar hoje. Pra que complicar? Qual o seu endereço?

Newton
Olha, olha aqui o meu cartão. Pode ficar. Tem o endereço, o telefone, o e-mail.

Escrivão
Não tem documento, mas tem cartão de visita. E endereço de gente bacana, hein. Qual a sua profissão?

Newton
Eu sou escritor.

Escrivão
Você tem curso superior?

Newton
Não, eu não sou formado.

Escrivão
Vou perguntar de novo. Você já teve alguma passagem? Pode dizer. Se você teve, a gente vai descobrir.

Newton
Não, nunca tive.
Escrivão
De onde você é? Onde você nasceu, em que estado?
Newton
Não tem registro.
Escrivão
Êeee... Você é pinel?
Newton
É verdade.
Escrivão
Porra. Cara, pra que complicar? Eu vou te dar mais uma chance. Tá bom? Mais uma chance. Vou perguntar de novo. Combinado? Sem complicação?
Newton
Por favor, telefona para a minha mulher, L. Ela vai confirmar.
Escrivão
Eu vou deixar você chamar sua mulher.
Newton
Eu fui vítima. Eu sei, ele machucou a mão, mas eu não tive culpa. Eu sou vítima, não sou o criminoso. Tem testemunha.
Escrivão
Tá, mas eu tenho que fazer essa porra de BO, com a sua qualificação, e você está criando confusão.
Newton
Você não pode fazer o BO só com o meu nome, o meu endereço e o telefone, e os dados da testemunha? Deixa em branco o resto. A gente pode botar a minha mulher no BO se for preciso, como referência. Eu não tenho documento.
Escrivão
E que história é essa de matar cachorro? Ele disse que você escreveu um artigo na internet. Olha, eu não sei se isso vai colar, não. Estou colocando no BO Nilton de Tal.

Newton
É Newton, Newton com dábliu. Olha, é um artigo de ficção.
Esse homem é louco. Não sei se ele leu o artigo e não entendeu,
ou se alguém comentou com ele, inventando. Mas eu não mato
cachorros. Nunca matei um cachorro.

Escrivão
N-E-W-T-O-N, é assim? Eu não sei se o delegado vai topar, não,
o BO assim. Não dá. Acho melhor você chamar o seu advogado,
você disse que tem, não tem? É criminalista? Chama ele, quem
sabe a gente se entende melhor.

Newton
Eu preciso pegar o telefone dele com a minha mulher.

Escrivão
Porra, essa mulher manda em você, caralho? "Fala com a minha
mulher", "chama a minha mulher", porra.

Newton
Não, não é isso.

Escrivão
Não é o quê? Eu vou preenchendo aqui, tudo bem, mas não sei
se o delegado vai concordar. Ele vai querer o seu RG. Pode ser
até que você fique detido para averiguação. A Lei de Contra-
venções autoriza a detenção temporária de quem é vadio. Você
tem carteira de trabalho?

Newton
Não, não tenho. Eu sou escritor, tenho livros publicados. Não
sou vadio.

Escrivão
Quantos anos você tem?

Newton
Eu não tenho idade.

Escrivão
Xiiii...

Newton

Eu sei que é difícil entender. Mas eu sou assim. Por favor...

Escrivão

Fala sério, homem. Já tentaram me enrolar de tudo quanto é jeito. Eu tenho dezoito anos de polícia. Não adianta, essa babaquice sua não cola. Nem se você fosse uma puta duma gostosa, nem assim ia colar. A Zuleika é Terezinha de Jesus e assim por diante. Ou é ou não é. Eu tenho que preencher esse BO. O estado civil, é casado?

Newton

Não, eu não sou casado. É união de fato.

Escrivão

Tá, união estável. Quanto tempo? E o que mais?

Newton

O que mais? Eu não sei quanto tempo. O que o senhor quer saber?

Escrivão

O que você está escondendo?

Newton

Não estou escondendo nada. Eu juro. É verdade. Sou uma pessoa diferente. Eu não tenho documento, só isso.

Escrivão

Só isso.

Newton

Eu quero agradecer o senhor, pela sua paciência. Mas é verdade. Minha mulher vai confirmar tudo o que eu disse.

Escrivão

Qual o nome do seu advogado?

Newton

P.

Escrivão

Ah, ótimo, o dr. P. é amigo nosso. Ele sabe trabalhar.

Newton
Então, eu...
Escrivão
Agora, se você tem criminalista, você tem algum problema. E aí eu tenho que saber. É por isso que você está escondendo seu nome? Mas não adianta. Se você tem passagem, a gente vai descobrir. Ou você acha que pode entrar aqui, por causa de uma desinteligência, dum negócio de matar cachorro, idoso ferido, o caralho, e falar que não tem documento, que não tem sobrenome, que não nasceu em lugar nenhum, e sair daqui, me olhando como se eu fosse um lesado, como se nada tivesse acontecido?
Newton
Não, não... Eu tenho um problema, sim, mas veja bem, não é criminal. É coisa de ofensa, de difamação. Eu tenho processo por causa de coisas que eu escrevi. É só isso.
Escrivão
Tá. Esse celular é seu?
Newton
É. Mas está no nome da minha mulher.
Escrivão
Porra, então pega o celular e liga aí. Chama o dr. P. Você já fodeu o meu plantão mesmo. Já é de noite. Vamos ver como isso termina.

Analista

Analista
Pelo que entendi, você veio aqui esperando que eu dê um parecer sobre a sua saúde mental. Isso não faz parte da minha rotina. Eu cogitaria discorrer sobre alguém que eu conheço, investigar o seu inconsciente de forma sistemática. E conhecer a pessoa demanda tempo. Você precisa de outro tipo de profissional.
Newton
Eu revelo alguma doença mental? É simples. O senhor também é psiquiatra.
Analista
É mais complexo. E você sabe disso. Angústia, talvez, eu poderia notar desde logo, mas sem certeza de nada. Nós estamos aqui há quarenta minutos. Você contou a sua história. Mas você ainda não se comporta como paciente. Não passamos das apresentações. Sua atitude pode ser reveladora, mas, insisto, são pouco mais de quarenta minutos.
Newton
Eu não gostaria de consultar um psicólogo forense e ser diagnosticado depois de quarenta minutos. Eu sou um ponto fora da linha.

Analista
Um ponto só? Não é muito. Enfim, nós poderíamos cumprir um roteiro de sessões. O que eu não posso é emitir um laudo. Por que você precisa de um laudo?

Newton
Quero me antecipar. Como eu disse, estou sendo processado por frases, por pensamentos. Um delegado não se conforma com a minha existência sem RG, CPF, certidão de nascimento. Não considera Newton, com passado desconhecido, alguém normal. Fez uma representação ao juiz pedindo que eu fosse submetido a um exame psicológico, para verificar se a minha mente está, segundo ele, desestruturada, ou se estou só mentindo. Nós estamos nos opondo ao pedido, mas haverá um julgamento a respeito disso. Eu, meus advogados, achamos que eu devo me antecipar.

Analista
Há profissionais que podem ajudá-lo nisso. Emitem um parecer baseado na anamnese, em entrevistas e em testes de aplicação para calcular inteligência, delimitar a extensão da memória, perceber distúrbios. Mas se esses distúrbios precisam ou não de tratamento é outra história: provavelmente esses profissionais não seriam os mais indicados para isso. A minha atividade é outra.

Newton
Preciso de alguém atestando que eu levo uma vida normal. Só isso. Eu busco as crianças. Vou ao cinema. Vejo televisão. Como pizza. Trabalho. Eu só não tenho documento. É diabólico, não basta existir, tenho que provar que existo, e agora que sou são. Querem porque querem saber quem eu sou e de onde venho. Não basta existir.

Analista
O seu caso não é de amnésia. Não tem um trauma físico ou

psíquico. A amnésia é uma incapacidade funcional. Não parece ser isso. Você sabe quem é e de onde veio, não sabe? Sem resposta a essa pergunta, não faz sentido você estar aqui. Eu atendo pessoas, por alguma razão, dispostas a investigar o inconsciente.

Newton
Eu sei de onde vim, e quem sou e o porquê. É isso que você gostaria de ouvir?

Analista
É isso que você quer dizer?

Newton
Eu?

Analista
Quando você tomou a decisão?

Newton
Faz muito tempo.

Analista
O que você gostaria de esquecer?

Newton
Nada.

Analista
O que você esconde?

Newton
Não escondo nada. Eu só não falo e não divido com os outros aquilo que é mais remoto na minha vida. Consultório não é delegacia.

Analista
De certa maneira, é.

Newton
Não deveria ser.

Analista
Delegados e psicanalistas buscam explicações. Propósitos di-

ferentes. Métodos diferentes. Lembra-se, você deve ter lido, do juiz de instrução criminal que investiga Raskólnikov? Ele vasculha a alma do homem. É um caso clássico de detetive--psicanalista.

Newton

Raskólnikov tinha algo a confessar. É torturado pela culpa. Não parece ser o meu caso.

Analista

Motivo. Você decidiu um dia ser alguém que você não é. Você tem um motivo. Quando isso aconteceu?

Newton

Motivo? Não há trauma, transtorno, recalque, algo concreto que tenha me impelido a ser quem eu sou. Eu sempre quis viver de um jeito diferente. Aprendi a viver assim. Começou como uma blague. Virou traço de personalidade. Sou Newton e pronto.

Analista

Estamos falando de narcisismo?

Newton

Pode ser. É pecado? É neurose?

Analista

Em busca de diagnóstico? Neurose narcísica até existe na literatura, mas é outra coisa. Nós também podemos ficar aqui em silêncio, sabia? Falar por falar...

Newton

Você leu algum dos meus romances?

Analista

Você acha relevante mesmo saber isso? Você falou em culpa. Você sente culpa por não reverenciar a sua família, seu pai, sua mãe, sua infância, seu passado, que num belo dia você riscou do mapa?

Newton

Não risquei nada do meu mapa. Risquei do mapa dos outros. E não foi num belo dia. De certa maneira, sim, eu sinto culpa. Ser alguém rigorosamente diferente, alguém que vive à margem do comportamento social estabelecido, senhor da própria vida, está interferindo negativamente no sentimento de pessoas que eu amo. Eu não prejudico ninguém, não machuco ninguém, assim eu posso ser feliz, assim a minha família pode ser feliz, mas estou vivendo uma situação incômoda. Não é? Mas eu penso de outra maneira. Não faço ninguém sofrer porque sou alcoólatra, porque sou bandido ou porque sou traidor. Sou inofensivo. Ser narcísico não está entre os estereótipos de uma vida destrutiva. Ou está?

Analista

Quando você fala em traição você pensa na sua mulher? Você trai a sua mulher?

Newton

Nunca. Por quê? Porque nunca senti necessidade. Pergunta estranha.

Analista

Pelo que você disse, logo que você chegou, eu pensei que o seu casamento fosse aberto e que não existisse a questão da traição entre vocês.

Newton

Não vejo muita pertinência na pergunta, mas não vejo problema em falar. L. já ficou com outros homens, se é isso que quer saber. Ela não considera isso traição, da maneira como ela faz, como ela se sente, e eu não considero isso traição, da maneira como ela faz. O nosso arranjo afetivo é assim. E funciona. Estamos juntos. Mas eu não conseguiria ficar com outra mulher. É assim.

Analista

Até que ponto esse arranjo afetivo não é uma apólice de seguro?

Newton

Não entendi. Por que ela é rica? Por que ela me acolhe? Por que se ela me deixasse eu ficaria mais frágil? Por que eu deixaria de ter o pouco que tenho de normalidade social? É isso? Medo? Prevenção? Não entendi.

Analista

É você quem está falando. Não há um desequilíbrio de liberdades nessa relação?

Newton

Eu falei porque você perguntou. Há um equilíbrio de vontades.

Analista

Então. E o desejo? O desejo, a fantasia, não seriam eles uma modalidade íntima de traição?

Newton

É você quem está falando.

Analista

Eu?

Newton

É.

Analista

Sua consulta está no fim.

Newton

Tempo lógico?

Analista

Ah, você conhece Lacan. Não sou lacaniano. É o tempo real. O tempo passou. Como disse, posso indicar um profissional para o seu laudo judicial.

Newton

Sim, eu gostaria, sim. E agradeço.

Analista

Se você quiser marcar outra consulta, sabe como fazer.

Newton

Sim, eu sei. Como você mesmo percebeu, eu não estou procurando psicanalista. Não quero regredir.

Editor

Editor
O pessoal tomou um susto. Mas está tudo bem.
Newton
Eu lamento.
Editor
Eu chamei você pra gente conversar um pouco. A Receita abriu
uma fiscalização aqui. Pelo que o auditor fala, os pagamentos fei-
tos diretamente para a sua mulher seriam irregulares. Nosso advogado está bastante tranquilo e sustenta nossa posição. Como nós
fazemos todos os recolhimentos na fonte, o máximo que poderia
acontecer seria uma multa. Não tem sonegação, redução de tribu-
to, nada. E os valores não seriam expressivos. Nós vamos impug-
nar e, se for preciso, recorrer à Justiça. Os impostos estão pagos,
e nós temos aí, no fundo, uma questão de liberdade de expressão.
Como esses processos demoram muitos anos, em princípio nós
vamos manter a mesma rotina. Mas você precisa ficar de olho.
Newton
Você acha?
Editor
Sim. Nosso advogado diz que nunca viu uma fiscalização tão

rigorosa numa editora. Se você quiser conversar com ele, tudo bem. Nós temos isenções tributárias. Eles não costumam fiscalizar nossos pagamentos, nossas receitas. Não somos uma prioridade fiscal, entende? Mas sua mulher tem que ficar atenta. O imposto de renda dela deve estar sendo virado do avesso.

Newton
Eles falaram alguma coisa?

Editor
Não, mas ficou claro que o problema aqui é você. Nós entramos por tabela.

Newton
Sei.

Editor
A gente recebeu um telefonema da Polícia Federal também. Queriam informações sobre você. Dissemos que aguardaríamos um pedido oficial. O ofício chegou. Vamos ter que responder.

Newton
Esses caras estão procurando pelo em ovo.

Editor
É. Mas o que eles pedem é fácil responder. É só o que nós sabemos. Sua qualificação, os contratos, os pagamentos, os meios de contato. Nosso advogado não vê problema na relação editorial com alguém que se chama apenas Newton e não tem documentos. Qual o problema? O papelório vai ser remetido logo para eles. Depois te mando uma cópia da resposta.

Newton
Que bom. Você disse que o pessoal aqui se assustou.

Editor
Acho que a história dos cachorros é o que pegou mais fundo por aqui. Um dos sócios tem quatro cachorros, cara, ficou puto da vida. Achou "desnecessário", "mau gosto", nas palavras dele.

Mas passou. Pior foi a chiadeira lá fora, não é, na internet. Você deu uma paralisada nas suas postagens.

Newton

Sim, estou postando apenas histórias infantis, uma vez por semana. Virou blog de titia, não acha?

Editor

Que nada. E as histórias são ótimas. Nós não publicamos livros infantis, mas podemos fazer o meio de campo com uma editora parceira. Tem uma que já se interessou, fizemos muita coisa com eles antes, mas eles gostariam que o livro saísse com um pseudônimo, não como Newton.

Newton

Ah, mais um nome na minha vida?

Editor

Normal, cara. Vamos pensar direitinho. Você tem histórias inéditas nesse mesmo formato?

Newton

Sim, várias.

Editor

Ótimo, me manda, tá? Quero dar uma olhada no material. E acho que podemos fazer tudo por aqui, o pagamento dos royalties. A editora nos passa o dinheiro e nós repassamos para você, para L., do jeito de sempre. Ficaríamos com um *fee* pela intermediação, se você estiver de acordo. Vamos pensar. Livro infantil é bom porque é caro e vende bem. Alguma ideia de ilustrador?

Newton

Não sei. Não conheço ninguém.

Editor

Manda as histórias, vamos ver isso. Escuta, a L. não desenha?

Newton

Nunca pensei nisso.

Editor
Então, pode sair uma coisa legal. Fala com ela. Olha, outra coisa que o nosso advogado pensou. Os pagamentos do exterior. Sua mulher poderia abrir uma conta fora, tudo legalizado, declarado, e os pagamentos das editoras estrangeiras seriam depositados lá, diretamente. Não precisa passar por aqui. Isso diminui o tamanho da discussão e você manteria os recursos normalmente lá. Pensa nisso.

Newton
Tá bom.

Editor
Nós pensamos que as vendas iam cair, sério, por causa de toda a polêmica na imprensa, mas não interferiu, não. Cancelaram você e continua vendendo bem, bem acima da média. Os três livros. Tá esgotando tudo, vamos fazer novas tiragens.

Newton
Não caiu?

Editor
Não. Você precisa ficar esperto, cara, porque você, olhando o mercado, tem muita saída. Sua carreira literária vai de vento em popa. Produzindo muito?

Newton
Sim, acho que mais para o fim do ano vou mandar um livro novo para vocês olharem.

Editor
Oba. Pode adiantar alguma coisa?

Newton
Melhor não, dá azar.

Editor
Que azar?

Newton
Ah, deixa eu terminar, não gosto de falar do que não está pronto.

Editor
O.k. Achei bom você dar essa paralisada no blog. Evitar polêmica agora. Mas não gasta todas as histórias infantis não, tá? Importante ter material inédito.

Newton
Pode deixar. Vou iniciar uma série de posts sobre vernáculo.

Editor
Opa. Legal.

Newton
Vou fazer uma coisa bem-humorada e curta. Um dia, falo do verbo haver, outro dia de expressões latinas, o uso das palavras. Nada que fale do mundo real.

Editor
Ótima ideia.

Newton
Deixar o mundo como está... Que se fodam.

Editor
É bom para você, circular uma imagem de bom humor e de cultura.

Newton
Aprendendo.

Editor
Então. Eu falei com a L. e ela me disse que essa história toda abalou você.

Newton
Sobrevivendo.

Editor
Vai em frente, cara. Logo você vai estar nas vitrines de todas as livrarias de novo. Questão de tempo. Ficou legal a matéria sobre os processos. Quem se interessa, leu. Muita gente comentou. E a reportagem francesa foi um gol de placa, cara. Três editoras de lá nos procuraram. No fim, tudo isso é bom para

você. Estamos negociando. Vai rolar. Com isso, você entra na Europa pra valer.

Newton

Tomara.

Editor

Tomara. E seus folhetins antigos? Já pensou numa reedição? Era tudo muito amador.

Newton

Ah, aquilo não presta.

Editor

Não sei, não. Pode ser divertido.

Newton

Tenho vergonha.

Editor

Vergonha?

Newton

Vergonha do que eu escrevia.

Editor

Isso faz parte da sua escrita, cara. O que tem de merda por aí.

Newton

Ah, espera eu morrer, vai...

Editor

Tá bom. Você está evitando ainda mais as entrevistas, não é? Os caras ligam aqui direto, inconformados. Querem você. Pedem pra gente interferir.

Newton

Só querem saber da espuma. Eu sei que vocês prefeririam um escritor mais exposto, mas...

Editor

Não esquenta, cara. É o seu perfil. Acho bom você se recolher agora. Logo isso passa. Tudo volta ao normal. E tem escritor que não fala mesmo nunca. E vende. Não tem problema. Você provou para nós. Nunca fez lançamento, um bicho do mato. Não esquenta. Daqui, não vai sair pressão.

Newton

Legal.

Editor

E você está firme? Newton e ponto final?

Newton

Newton e ponto final.

Editor

Doido.

Newton

Nem tanto.

Editor

Vê se se cuida, nós cuidamos do resto.

Visita

Visita
finalmente encontramos hein
Newton
O que você quer?
Visita
Ahhh vc nao responde
Visita
dificil falar c vc
Newton
Não gosto.
Visita
deixei o recado e vc apareceu rs
Newton
Não é uma página minha. É do livro. A editora cuida. Eu vi o seu recado.
Newton
Só entro de vez em quando para ver os comentários.
Visita
tem gente brava rs

Visita

eu e vc online emocionante!!!!!!

Visita

olha como escrevemos diferente

Newton

Ainda bem que somos diferentes. Seu idioma é outro. Não gosto de abreviaturas, falta de pontuação, acentos.

Visita

vc nao ta escrevendo livro aqui

Newton

O que você quer?

Newton

Você é da polícia. Eu sei.

Visita

kkkkkkkkkkkkkkk

Visita

vc se acha superior muito superior

Visita

olha que coisa

Visita

inverteu tudo. eu sei quem e vc e vc nao sabe quem sou eu

Visita

misterio maior que o seu

Visita

inversao de papeis kkkkkkkkkkkkkk

Newton

Você está me perseguindo.

Visita

como assim

Newton

Você está me vigiando. Eu sei. O que você quer?

Visita

kkkkkkkkkkkkkkkkkkkkkkkkkkkkkkkkk

Visita

vc nao sabe nem se eu sou homem ou mulher

Newton

O que você quer? Considero isso assédio moral.

Visita

ui

Visita

vc fala comigo pq quer

Visita

so curiosidade gosto de bater papo de madrugada

Visita

quero amizade conhecer vc

Visita

vc e muito famoso

Newton

Você não me engana.

Visita

correndo o mundo hein

Visita

ecrivain sans identite

Newton

O que você quer?

Visita

erudit mysterieux farsante

Newton

Vou sair.

Visita

fica

Visita

newton o que desafia tudo

Visita
que propaganda hein. vendendo muito livro?
Newton
Não é da sua conta.
Visita
vc prefere que eu seja homem ou mulher
Newton
Não sou tolo.
Visita
diz vai
Visita
h ou m?
Newton
Não sei.
Newton
Digo, não sei o que você é. Não prefiro nada.
Visita
ah diz
Visita
uma xoxota melada ou uma pica muito dura
Visita
imagina vai diz
Visita
aqui posso ser o que vc quer
Newton
Você é louco.
Visita
hummmmm prefere homem
Newton
Por que está me vigiando?
Visita
ou voce me chamaria de louca

Newton

Para com isso.

Visita

ta bem

Visita

pensei que gostasse

Newton

Vou sair.

Visita

nao por favor

Visita

dificil encontrar vc

Newton

Você acha mesmo que vai conseguir alguma informação com esse tipo de jogo?

Visita

vc me deixa com tesao

Newton

Você é da Polícia Federal? Que falta de compostura. Onde você quer chegar?

Visita

ah que coisa mais chata

Visita

eu so quero conhecer vc mais

Newton

Polícia, eu disse.

Visita

como vc me imagina

Newton

Não sei.

Visita

tenta

Visita
uma xoxota melada ou um pau duro
Visita
pode falar
Visita
eu sou de confianca
Newton
Então mostra o seu rosto. Liga a câmera.
Visita
uau quer cam
Newton
Quero ver seu rosto. Se você não é da polícia não tem o que esconder.
Visita
hummmm
Visita
quem sabe
Visita
diz o que vc prefere encontrar
Visita
buceta ou rola? cuzinho todos temos, ne
Newton
Boceta. Aprende a escrever.
Visita
hummmmmmmmmmmm
Visita
buceta entao
Visita
ela e peludinha e ta melada
Newton
Para com isso.
Visita
ta bom parei

Newton
E o seu rosto?
Visita
onde vc nasceu
Newton
Nada a ver uma coisa com outra.
Visita
toma la da ca
Visita
vc nao precisa ter medo eu nao faco nada
Newton
Você me vigia.
Visita
quero de mais perto
Visita
adoro intimidade
Visita
conta qual o proximo livro
Newton
Você sabe ler?
Visita
pra que me ofender
Newton
Não gosto de ser perseguido.
Visita
ninguem gosta
Newton
Eu sei que você disfarça. Esse jeito de escrever.
Newton
Fingindo ser da internet, típico de policial.
Visita
hummmmmmmmmmm

Newton
Você está me investigando.
Visita
eu
Newton
Estou perdendo tempo, só isso.
Visita
tb acho
Newton
O quê?
Visita
estamos perdendo tempo
Visita
pq vc nao se solta
Newton
Chega.
Visita
sabe pq vc nao sai da sala
Visita
pq vc esta excitado, imaginando a minha buceta com u
Visita
aberta pulsando umida
Newton
Você é louca.
Visita
hummmmmmmmmm
Visita
vc acha que sou m, gracinha vc
Newton
Não sei o que você é.
Visita
xiiiiiiiiiiiiiiiiiiii

Newton
Bom, eu vou sair.

Visita
n sai

Visita
fica

Newton
Por que eu ficaria?

Visita
vc ta gostando de ficar cmg

Visita
eu sei rs

Newton
Você não precisa entrar no meu computador.

Newton
Vocês já copiaram tudo. Filhos da puta.

Visita
nossa

Visita
verdade?

Visita
vamos falar de coisas boas

Newton
Que coisas?

Visita
uummm

Visita
divertido ver vc sem acao

Newton
Eu?

Visita
fragil

Visita
tao poderoso tao cheio de si e tao fragil tao facil
Visita
vontade de fuder sabia
Newton
Vou sair.

Tabelião

Newton
O senhor garante o sigilo?
Tabelião
Do testamento, sim. Não haverá traslado do testamento. Ele é cerrado. Fica com o senhor. Mas há um registro da sua feitura, uma data.
Newton
O senhor pode me explicar?
Tabelião
Claro. Em um cartório há livros de registro. Os testamentos públicos são transcritos normalmente. Por ordem cronológica. Com relação aos testamentos cerrados é feita uma pequena anotação. Um texto padrão: "aos tantos dias do mês tal, do ano tal, nesta cidade, entreguei a fulano de tal, na presença de duas testemunhas, fulano e beltrano, o seu testamento cerrado, devidamente aprovado e lacrado, conforme ata subscrita por mim, pelo testador e pelas testemunhas mencionadas". Algo assim.
Newton
O senhor sabe que a minha situação é um pouco heterodoxa.

Tabelião

Sim, eu sei. Mas nós podemos fazer. Eu não vejo empecilhos legais. Normalmente se exige a qualificação completa da pessoa, mas para este caso o conceito de qualificação pode ser expandido. Nesse aspecto eu estaria inovando. Mas, obedecidos os propósitos da lei, os tabeliães devem estar atentos às necessidades das pessoas, às mudanças sociais. No testamento cerrado, a cerimônia é o que importa. A validade do testamento será avaliada pelo juiz depois do seu falecimento. Não é minha função.

Newton

Cerimônia? Como seria?

Tabelião

Eu teria que identificá-lo de alguma maneira. Eu ia registrar a sua alegação de não ter documentos, de não ter sobrenome, nem data e local de nascimento, nem maternidade. Registraria seu prenome, sua profissão, seu endereço. E para suprir as cautelas de um órgão de registro público, eu filmaria o acontecimento e pegaria sua impressão digital.

Newton

Meu segredo então desapareceu.

Tabelião

Não. O seu segredo continuará com você. Se o senhor me procura para fazer um testamento, ainda que cerrado, é porque você quer o registro oficial da sua iniciativa. Não é? Este registro tem a finalidade de prevenir fraudes. O juiz pode pedir a confirmação da aprovação do documento, a data.

Newton

Qualquer um pode ver?

Tabelião

O livro? Não é comum. Eu não mostro os livros do tabelionato. Só se existisse uma razão, um pedido. Mostro para os juízes de inspeção. Fazem por amostragem. Se a página do seu testamento for auditada, eles saberão que um testamento foi feito. Só isso.

Newton

Mas se perguntarem do meu testamento?

Tabelião

Olha, ninguém pergunta de testamentos. Só depois da morte do testador. Só com a certidão de óbito. O juiz de família pode pedir informações. Aí é normal. Mas, se me perguntassem, talvez eu tivesse que informar. Somos inteiramente informatizados. Se perguntassem a respeito de alguém chamado Newton, apenas Newton, sem qualificação, eu acharia no sistema. Teria que informar. Mas, nesse caso, a informação seria apenas a data da aprovação do testamento cerrado, cujo conteúdo não é do conhecimento de ninguém.

Newton

Tenho que trazer as testemunhas?

Tabelião

Sim. Mas as testemunhas também não tomam conhecimento do que está escrito. Nem o tabelião lê o testamento cerrado. Ele apenas examina a aparência do papel, que pode ser datilografado, ou escrito à mão, vê se tem rasuras, se tem algo de estranho na aparência. Só isso.

Newton

Então não pode ser uma folha em branco.

Tabelião

Claro que não. O tabelião, mesmo sem ler, examina o escrito de forma a verificar se tem a aparência de uma disposição de última vontade. Vou imprimir um modelo para o senhor levar. O testador nomeia um testamenteiro, afirma estar agindo com liberdade, sem coação de qualquer tipo, ou induzimento. Enfim, existe uma forma jurídica mínima a ser atendida. Seu advogado sabe disso. Em outra folha, o tabelião faz a aprovação do documento, que é firmado pelas duas testemunhas. É como uma cerimônia de entrega.

Newton
É muito demorado?

Tabelião
Não. O senhor deve trazer o conteúdo do seu testamento por escrito. Vai assinar na frente do tabelião. A aprovação é praticamente imediata. O que pode demorar um pouco é a costura. A lei fala em "coser". Nós costuramos o envelope, lançamos um lacre.

Newton
Isso tem custo, imagino.

Tabelião
Sim, os emolumentos estão na tabela dos serviços do tabelionato da cidade. Tem valor porque um testamento tem repercussão onerosa. É a maneira de dispor dos bens após a morte, de fazer legados, de fazer reconhecimento de herdeiro, com consequências de natureza civil, sucessória, patrimonial. Por isso, o emolumento.

Newton
O senhor teria que fazer algum tipo de comunicação por eu não ter documento de identidade?

Tabelião
Não. Só me comunico com as autoridades se tomo conhecimento de um crime. Não ter documento é atípico. Do meu ponto de vista, do registro público, não me vejo obrigado a comunicar nada.

Newton
Posso perguntar uma coisa?

Tabelião
Sim, pode.

Newton
Eu sei que fui bem indicado. O senhor já fez isto antes?

Tabelião

Alguém sem qualificação civil, como o senhor? Não. O senhor está bem indicado, mas isso não significa que eu praticaria uma irregularidade. Estou fazendo uma interpretação mais liberal, mais generosa dos regulamentos. Só. Não iria me arriscar. Imagina, por um testamento cerrado. Mas eu entendi a sua pergunta. Quer saber como seria se o senhor entrasse na fila do tabelionato para fazer um testamento cerrado, sem se identificar? Provavelmente o senhor não seria atendido. O caso nem chegaria a mim. Os funcionários iriam dispensá-lo.

Newton

Então eu tenho um pistolão.

Tabelião

Eu vejo de outra maneira.

Newton

Como?

Tabelião

Quando uma pessoa indica alguém, é um ato de responsabilidade. É uma transferência de confiança, vinda de quem merece crédito. E, como eu disse, não estou fazendo nada ilegal. No seu caso, eu apenas faria o registro de um testamento cerrado, de alguém chamado Newton etc. etc. etc., que se declarou sem qualificação civil. Não faria nada muito diferente, se, por exemplo, o cartório fosse procurado por um indígena, nunca identificado civilmente, para a lavratura de um documento, uma declaração.

Newton

Ah, desculpa eu rir, mas nunca me imaginei índio. Um índio descerá de uma estrela colorida, brilhante... Ah, incrível. E aquilo que neste momento se revelará aos povos surpreenderá a todos não por ser exótico... Em todo sólido, todo gás e todo líquido... O óbvio... Eu preciso marcar hora? Quero fazer o testamento, sim.

Tabelião

Sim, vamos agendar. Vou cuidar do seu testamento pessoalmente.

Newton

Então eu saio daqui com o testamento lacrado. E, depois, o que eu faço?

Tabelião

O senhor é quem sabe. As pessoas fazem testamento para dispor de suas últimas vontades. Normalmente, o testador entrega o testamento cerrado para alguém de confiança, a pessoa que, após a sua morte, o entregará para o juiz. O testamento deve estar íntegro, sem nenhum sinal de violação. Senão, é nulo. Só o juiz pode abrir o lacre.

Newton

Essas testemunhas podem ser qualquer pessoa?

Tabelião

O senhor escolhe. Saberão apenas que o senhor está fazendo um testamento. Mas elas precisam ter qualificação completa e capacidade civil.

Newton

Não podem ser como eu, como indígenas.

Tabelião

Não. As testemunhas são apenas testemunhas da cerimônia de aprovação, não do conteúdo, e de que o senhor agia livremente, sem constrangimentos, sem coação.

Newton

Eu poderia escrever qualquer coisa?

Tabelião

O senhor deveria registrar algo que tenha relevância civil. Isto aqui não é cinema. Testamento não existe mais para contar segredos, fazer fofoca, espetáculo. De que adianta um testamento que não altera do ponto de vista civil alguma situação? Por que entregar a um juiz? Fico pensando no seu caso, se o senhor tem bens, se tem algo a testar. Eu não sei qual é a sua intenção, se o senhor vai confessar alguma coisa. Como ninguém saberá do conteúdo, não há como controlar. Não é da minha conta. Em um testamento público, por exemplo, eu não permitiria cláusulas, como o senhor disse, heterodoxas. Mas, aqui, nada a fazer.

Newton
O senhor não precisa se preocupar.

Tabelião
Nem um pouco. É problema seu, não meu.

Newton
Eu não saberia para quem entregar o testamento. O que acontece se alguém violar o lacre?

Tabelião
Ele perde a validade. Deixa de existir.

Newton
Mas o que acontece para quem violar?

Tabelião
Acho que nada.

Newton
Estranho.

Tabelião
Se ele tem consciência de que está violando um sigilo... Se o senhor pedir a guarda do documento para alguém até a sua morte e a pessoa quebrar o sigilo... Talvez seja um crime. Não sei. Nunca vi, nunca soube.

Chofer

Newton
Posso perguntar uma coisa?
Chofer
Você manda, patrão.
Newton
Patrão? Que história é essa? Você não é profissional liberal?
Chofer
Os passageiros são meus patrões.
Newton
Que conversa mole, hein. Sério, posso te perguntar uma coisa de quando você era agente?
Chofer
Olha lá, tem coisa que eu não posso falar.
Newton
Não, eu sei disso. Não quero saber nada demais.
Chofer
O que é?
Newton
Você acha que estou sendo vigiado?

Chofer
Como assim? Você fez alguma merda?

Newton
Não, aliás, merda fez você...

Chofer
Ah, amigão, a L. te contou, é? Nunca passei tanta vergonha na vida.

Newton
Imagino a sua cara. Mas deixa isso pra lá. Você tem prestígio em casa. Esquece, acontece. Sério, me fala. Você deve entender disso.

Chofer
Eu me aposentei faz quinze anos.

Newton
Então, se quisessem me vigiar, o que fariam?

Chofer
Ah, são outros tempos. Hoje tem internet. Tem essas operadoras de telefone. Mas acho que o visual ainda é importante. Quando o agente é competente, o que ele vê pode ser revelador. E leva tempo, viu?

Newton
É?

Chofer
Mas por que isso te preocupa? Eu sei que está estressado, por causa da L. Mas está tudo sob controle, não está?

Newton
Está. Está, sim, felizmente. Mas sei lá, essa coisa de não ter documento, já te falei desses processos. Eu me sinto vigiado. Você entende disso.

Chofer
Eu era de campo, não era analista.

Newton
O que isso significa?

Chofer

Eu só recolhia informação. E repassava pra cima.

Newton

Como você fazia?

Chofer

Ah, depende da situação. Eu me aproximava da pessoa. Eu já trabalhava com táxi.

Newton

Você não dava expediente?

Chofer

Escritório, essas coisas? Não, não batia ponto. Não gosto muito de falar porque parece que eu não sou uma pessoa boa. Mas não é assim. Era o meu trabalho. Eu me aproximava do investigado. Conseguia uma vaga no ponto de táxi usado pela pessoa. Começava a prestar serviço para o bairro. Era bom de serviço. Dava desconto. Conseguia alguma intimidade. Eu era bom nisso. Ouvia bastante. Descobria endereços, amigos, diz que diz que. Tudo depende do que você procura. Por exemplo, o lixo. O lixo é fonte de muita informação. O lixo de uma casa revela o hábito, você encontra envelope, papéis, embalagem de remédio, droga. É fogo. Conhecer os vizinhos, prestar atenção no que se fala por aí.

Newton

Mas as pessoas não desconfiavam de você?

Chofer

Olha, como eu te disse, depende muito da missão.

Newton

Era ditadura.

Chofer

É, mas depois também. O serviço continuou a funcionar. Tem empresários, políticos, licitações, manifestações. Depende da missão.

Newton
Sei.

Chofer
Vou te contar uma coisa. Às vezes, é bom a pessoa saber que está sendo vigiada. Eu mesmo dava a dica.

Newton
Como assim?

Chofer
É. Quando a pessoa fica preocupada em não deixar rastro, fica mais fácil. A pessoa erra. Por exemplo, se você já conhece o alvo, carregou ele pra cima e pra baixo. Ele já tem simpatia por você, você chega e diz, numa boa, "olha, fulano, vi uma pessoa parada na porta da sua casa algumas vezes, e outro dia ele pegou o táxi e queria saber onde eu te levei. Eu disse que deixei você no shopping". O cara acusa o golpe e passa a confiar mais ainda em você. E começa a tomar mais cuidado com aquilo que não pode mostrar. Usa menos o carro, para não ser seguido, usa mais o meu táxi. Passa a contar com você. Ele vai a uma reunião? Eu levo, espero acabar, eu vejo quem chega, quem sai. É assim, um jogo de xadrez.

Newton
E a deslealdade?

Chofer
Era o meu serviço. Eu não fazia maldade. Só vigiava. Se o cara tá sendo investigado, tem um motivo. Mas por que estariam atrás de você?

Newton
Saber do meu passado. Filho de quem, de onde. Se te colocassem atrás de mim, o que você faria?

Chofer
Eita. Que história é essa?

Newton
Sério.

Chofer

Eu receberia um plano de ação. Por exemplo, se eu quisesse saber do passado, ia olhar a correspondência. Descobrir uma cidade, um nome. Eu não entro na sua casa? Quantas vezes eu não almoço lá? Quantas vezes eu já levei carta de vocês para o correio? Quantas gavetas eu poderia ter aberto? Então. Mas relaxa, eu não estou mais no serviço. Você é maluco.

Newton

Do jeito que você fala, qualquer um pode ser espião.

Chofer

É verdade.

Newton

Você trabalhava para o pai da L. e ainda estava no serviço, não é?

Chofer

Sim, ele me deu o primeiro táxi. Eu fazia bico pra ele. Era chofer. Mas não era fixo. Só quando podia. Então eu me programava. Muitos anos assim. É meu amigo. Esse homem me ajudou muito, viu? Você gosta dele, não gosta? Eu conheci sua mulher criança.

Newton

E como se processa a informação?

Chofer

Aí é com o analista. O que eu fazia era classificar a informação. Às vezes, a fonte não é boa, mas a informação é. Às vezes, a fonte é boa, mas a informação é muito rala. Tem um sistema de classificar com notas a informação. Mas aí tem coisa que não posso falar.

Newton

Depois de tanto tempo?

Chofer

É. Imagina se você está sendo investigado mesmo, como você diz, e puseram uma escuta no meu táxi. Não é? Eu ia me ferrar.

Aí iam me chamar. Eu tomo cuidado. Eu assinei um documento. O que eu falo para você, todo mundo sabe. Não é importante. Esse serviço, Newton, é um pouco sujo. Mas aproveita a viagem para descansar, vai. Você vai ser entrevistado, não é?

Newton

Sim, estão traduzindo um livro meu. Preciso mostrar a cara para eles.

Chofer

Poxa, você é craque mesmo. Mas está tenso.

Newton

E se eles não descobrirem nada, se eu estiver sendo seguido.

Chofer

Uai, melhor pra você. Significa que você está limpo.

Newton

Não sei.

Chofer

Eita. Posso te falar uma coisa?

Newton

Claro.

Chofer

Por que você não resolve isso de uma vez?

Newton

O quê?

Chofer

Na Praça da Sé, você compra uma certidão de nascimento. Você preenche tudo. Acaba com esse problema de uma vez. Você arruma todos os documentos lá. É facinho. Se precisar, eu ajudo.

Newton

Cara, isso não resolve. Pode até piorar as coisas. Imagina cair numa armadilha agora.

Chofer

Você quem sabe.

Newton

Quanto tempo falta?

Chofer

Pra chegar? Mais três horas.

Newton

Hoje não tem mais tortura?

Chofer

Que conversa é essa, amigão? Dessa parte eu não sei nada. Nunca me envolvi. Eu só vigiava. Faro fino. Só isso. Eu não era da polícia. Era ganso. Funcionário público federal, mas só ganso, completamente solto, sem lotação.

Newton

E você não encontra mais o pessoal?

Chofer

Que pessoal?

Newton

O pessoal do serviço.

Chofer

Não, o serviço não é uma firma. Eu não era amigo de ninguém. Recebia a missão e pronto. Meu contato estava em algum ministério e me chamava. Dava as coordenadas, eu devolvia o serviço. Acabou? Acabou. Não tinha festinha de Natal, amigo-secreto, happy hour. Aposentei e tchau.

Cônsul

Newton
Seu português é perfeito, quase sem sotaque.
Cônsul
Eu me esforço. Quer um café? Água? Sirva-se. Fique à vontade.
Newton
Café e água, obrigado. Como aprendeu o idioma?
Cônsul
No meu país, a concorrência para a universidade é muito acirrada. Escolhi um curso menos procurado. Não queria cair em uma escola de segunda linha. Gostaria de ser engenheiro, escolhi Línguas Latinas. Tive um bom professor de português. Depois de me graduar, viajei um ano por Portugal e pelo Brasil. Conheci muitas cidades, pessoas. Estudei Temas Brasileiros na Califórnia. Fui também correspondente de uma agência de notícias. Estudo português faz quase vinte anos. Faço traduções. Virei diplomata, surgiu um posto aqui. Aproveitei. Três anos aqui. Eu recebi a sua carta.
Newton
Pois é. Eu li o seu ensaio sobre o Murilo Mendes. Muito bom. Pesquisei a situação do seu país. Achei que poderia tentar.

Cônsul

A nossa política de *asylum* é restritiva hoje. Cumprimos as cotas internacionais, mas sem entusiasmo. Recusamos muita gente, nove em cada dez pedidos. Você não bateu na porta errada? O terrorismo, a prostituição, a inadaptação dos estrangeiros, tudo isso inibe a nossa política de receber.

Newton

Eu sei. Havia o Ministério dos Refugiados. Parece que acabou.

Cônsul

Era Ministério de Refugiados e Imigração. Mas os serviços foram diluídos em outras pastas.

Newton

Pelo menos, estou sendo recebido.

Cônsul

Eu preparei uma Nota Reservada para o embaixador, que sabe de nosso encontro.

Newton

Isso significa alguma coisa?

Cônsul

Nada. Mas é assim mesmo. Confesso que não tinha lido seus livros. Estou obcecado por alguns assuntos e não tenho me dedicado a autores recentes. Li e considero bastante original seu modo de escrever.

Newton

Obrigado. Eu escrevo aquilo que eu consigo.

Cônsul

Esta Nota, além de encaminhar uma via traduzida da sua carta e uma súmula dos documentos que você mandou, faz uma análise preliminar do caso. Esta entrevista está sendo gravada e será matéria de outra Nota, agora com o protocolo do pedido. Alguém orientou você?

Newton

Ninguém. Eu não me proponho a viver num campo de refugiados. É um caso diferente, excepcional. Não serei um problema. Nós levaríamos o patrimônio da minha mulher, que não é pequeno. Trouxe uma carta dela, aderindo ao meu pedido, juntamente com nossos filhos. Tem cópia do imposto de renda dela aí. Ela legalmente tem o pátrio poder. Digamos que eu seria um refugiado mais palatável. Queremos um visto de residência e, eu, particularmente, quero um passaporte para ter a cidadania que aqui não tenho.

Cônsul

O seu pedido esbarra em três obstáculos importantes. O primeiro é político. A concessão do *asylum* envolveria o reconhecimento de um estado de exceção que até os organismos internacionais considerariam impróprio. Por que o governo do meu país criaria uma aresta diplomática com o seu? Por você? A segunda questão é jurídica. São os seus processos. Qualquer sistema jurídico mundial tutela, em tese, os valores pelos quais você está sendo processado. Então, esses processos deveriam ser só um pano de fundo, não a razão de pedir. A doença da sua esposa também: o sistema de saúde brasileiro é perfeitamente apto para o tratamento. Há um problema de foco na sua pretensão. O terceiro obstáculo é de conveniência: o senhor não tem vínculo com o meu país, nem sua esposa. A fortuna da sua esposa é, claro, um fator positivo. O fato de vocês serem artistas é também uma evidência de que não ocuparão postos de trabalho. Isso também tranquiliza a autoridade administrativa responsável pela análise, mas não faz desaparecer o risco da inadaptação, as dificuldades com o idioma, com o clima.

Newton

Meus filhos estudam em escola bilíngue. Vamos aprender o seu idioma.

Cônsul

Não sei se você tem chance. *Asylum*? Não parece ser a hipótese. Residência humanitária? Quem sabe? Mas é para poucos, é excepcional. A aceitação estaria mais ligada à situação da pessoa, no caso a você, do que ao seu país, ao governo. É uma vantagem diplomática.

Newton

Eu acho que não me fiz entender.

Cônsul

Pode falar.

Newton

Minha situação é grave. Eu não posso simplesmente emigrar. Eu não tenho documentos. A arbitrariedade que me atinge, ou, se preferir, a política de Estado que aqui se pratica, pelo menos comigo, é a de não fornecer documento sem que eu identifique a cidade e a data de nascimento, os meus ancestrais. Eu sou apenas Newton, sem sobrenome, sem documentos, sem registro de filiação. Vivo assim há décadas, jamais pratiquei um crime. Vivo honestamente, do meu trabalho que é escrever, tenho endereço, sabem quem sou, mas, em virtude de pensamentos que externei, sou processado, perseguido, investigado, espionado. Pela Polícia, pela Receita, por todo mundo. Tenho prova de tudo. Não existe uma lei aqui que me obrigue a ter documentos. Tenho pareceres.

Cônsul

E a Justiça?

Newton

Os juízes também recusam o meu jeito de ser. Até aqui, tudo foi indeferido.

Cônsul

Você pediu documentos?

Newton

Sim, e me negaram. Eu preparei um dossiê sobre o meu caso. Não quero ocultar nada. Tem cópia dos processos em que me envolvi por não ter documentos. Estão investigando até a minha sanidade. Eu não sei onde isso vai acabar. Se não fosse pela minha mulher e pelos meus filhos, eu não deixaria o país. Minha situação ficou insustentável. Minha mulher está doente. Ela está bem, mas tenho que estar preparado. Se algo acontecer, talvez eu não tenha a guarda dos meus filhos, não tenha recursos para criá-los, minha condição de herdeiro pode ser recusada. Não me importa o status do acolhimento: refugiado ou residente humanitário, imigrante ou visitante, não importa. Preciso ser reconhecido pelo que sou, Newton, até aqui, sem documentos. Preciso de um passaporte, ir e vir, viajar, ter conta em banco, ter previdência, ter o reconhecimento da paternidade dos meus filhos. Queremos pagar os impostos, ter uma vida regular. Viveremos discretamente. Eu escrevendo, ela esculpindo, nossos filhos estudando em uma escola americana. Estamos dispostos a ser supervisionados até que não seja mais necessário. Não pedimos muito. Sem despesas.

Cônsul

Você sabe que esse tipo de pedido é demorado, não sabe?

Newton

Não sei quanto tempo. Mais uma razão para formalizar logo. Eu tenho pressa.

Cônsul

Você sabe que até lá, até você ter o status reconhecido, nada poderia ser feito a seu favor. A menos que você tivesse procurado a embaixada e o embaixador autorizado o seu acolhimento, o seu exílio. Coisa que...

Newton

Eu sei. Meu caso é demorado de entender. Achei melhor fazer com calma. Procurar o senhor. Um passo de cada vez.

Cônsul

Sim. Você não pensa em outro país? Tente se informar. Se você é sincero, você precisa de um plano B. As relações diplomáticas são impessoais, de conveniência, muitas vezes insensíveis. Eu poderia receber a instrução de nunca procurar você, por exemplo, ou de ignorar a sua existência, não atendê-lo. O fato de ser autor de ensaios sobre escritores de língua portuguesa não me deixa livre para agir. Você entende isso?

Newton

O senhor pode influenciar.

Cônsul

E posso não influenciar também. Eu respeito a hierarquia. O primeiro compromisso de um diplomata é não ter envolvimento emocional nas negociações que empreende. Só muito excepcionalmente, um exemplo extremo, como salvar alguém na época de guerra, é que informalidades ou precipitações seriam toleradas, a posteriori.

Newton

Sim, eu compreendo. A minha expectativa, o motivo de procurá-lo, e não a outros diplomatas, ou outro país, é que o senhor saberá transmitir para os seus superiores a minha aflição. O simples fato de se interessar por literatura me autoriza a pensar que o senhor seria mais tolerante. Eu pesquisei, sei que em seu país alguém que apareça do nada consegue se registrar.

Cônsul

É verdade. Esporadicamente acontece. No pós-guerra aconteceu com alguma frequência. Mas estão acabando os casos. Pessoas isoladas, no Norte, viviam à margem do sistema formal de identificação, seja por um fator cultural, seja pelo simples desejo de se isolar. Parece ser o seu caso. Para corrigir, a pessoa primeiro se registra indicando de onde vem, e o que faz. Procuramos seus sinais, impressão digital, DNA, íris, radiografias, tudo que for possível confrontar nos bancos de dados do país. Um edital, com a foto do interessado, é publicado na sua aldeia, na região, em todo o país, na Europa. Se não há coincidências, fraude, a pessoa declina o nome que adota, os dados de qualificação que tenha e recebe um número, estando apta a tudo, a ter previdência, a votar, enfim... É um processo rápido, leva sessenta dias.

Newton
É só o que eu quero.

Cônsul
A primeira pergunta que qualquer burocrata fará, no seu caso, é sobre o motivo. Por que você vive à margem do sistema de identificação?

Newton
Ideologia? Tenho o direito de ser o que sou. Vivo assim há mais de vinte anos. Nunca tive RG, CPF, não me alistei no Exército, não há registro da minha filiação, idade, lugar de nascimento, estudei como ouvinte, sempre vivi do que escrevo. Fui muito pobre. Eu, posso dizer, venci. Livros publicados, traduzidos, lidos. Tenho uma vida estável e discreta. Mas estou sendo perseguido.

Cônsul
A segunda pergunta é sobre esses arroubos politicamente incorretos que você praticou, os cachorros, os cariocas, as ofensas. Por gostar de literatura, isso de alguma maneira não me incomoda. Mas, digamos, não gera muita simpatia.

Newton
Veja os processos. Não sou tão perigoso assim.

Cônsul
Eu vou reportar tudo. Você veio de carro. Estamos longe da sua cidade.

Newton
Eu não posso voar. Não tenho como recorrer ao sistema de saúde. Não tenho conta bancária. Tenho que ter cuidado com as

minhas opiniões. Tudo que antes ignorava solenemente, mas hoje preciso... E não preciso deixar de ser o que sou para ter coisas tão singelas, que qualquer um tem.

Cônsul
E por que o meu país deixaria você ser quem você é?

Newton
Porque lá não é estranho. Você mesmo contou a história dos homens que vivem no Norte, isolados, sem registro de identidade e em paz. Sessenta dias, você disse.

Agente

Agente
Newton?
Newton
Sim.
Agente
Newton de Tal, sem identificação civil, escritor, marido de L., morador na cidade de São Paulo?
Newton
Sim?
Agente
O senhor está preso.
Newton
O quê? O quê?
Agente
Tenho uma ordem judicial aqui. Foi decretada poucas horas atrás a sua prisão preventiva.
Newton
O quê? Prisão preventiva? Deve haver algum engano.
Agente
Não há engano, não. Vou lhe dar uma cópia do mandado e do

despacho judicial. O senhor verá. Sua prisão foi decretada por um juiz federal de Brasília. O senhor está sendo investigado por vários delitos. Falsidade ideológica.

Newton

O quê?

Agente

Falsidade ideológica, sonegação fiscal, lavagem de dinheiro, calúnia, racismo, cultivo de maconha. Diz aqui que o senhor é dissimulado, que tem vida clandestina e que há indícios concretos de que o senhor pretende se furtar ao cumprimento da lei, fugir do país.

Newton

Mas o que é isso? Onde está R., o motorista?

Agente

Ele está detido para averiguações. O senhor não pode manter contato com ele. Ele já foi para a Federal. Segundo a investigação, com quebra do sigilo telefônico e postal, foi descoberto o seu plano de fugir.

Newton

Eu não estou entendendo.

Agente

Seu motorista disse que você veio ao consulado dar uma entrevista por causa de um livro. Se é verdade, eu comunico imediatamente a Direção da Polícia Federal, que está em audiência on-line com o juiz, o procurador e o delegado do caso.

Newton

Olha. É um engano. Eu simplesmente... Estou sendo tratado como bandido. Eu sou escritor.

Agente

Sua maleta está apreendida também. Me dê. Tudo será identificado e envelopado. Vejo aqui que o senhor realmente está tentando fugir do Brasil. Aqui está o protocolo. O senhor pediu asilo. Está aqui. O senhor esvazie os seus bolsos. Tudo. Dinheiro, moedas, caneta, celular, tudo. Esvazie. Me dê tudo.

Newton

Nossa, eu...

Agente

Tire o cinto também. Me dê. O senhor terá tudo de volta, quando for solto. Não se preocupe com isso. Não vai desaparecer nada. Tira o cadarço do tênis.

Newton

Olha...

Agente

O senhor tem o direito de permanecer calado, de procurar advogado, de fazer telefonema. Eu terei que algemá-lo.

Newton

Mas por quê? É crime ir a um consulado? Eu quero falar com o cônsul.

Agente

O senhor não pode falar com ninguém neste momento.

Newton

Olha aqui, quebraram o meu sigilo postal? Como assim? Eu estou sendo perseguido, isso é abuso de poder.

Agente

Tenho aqui um mandado judicial. Não adianta.

Newton

Isso é terrorismo. O senhor sabe por que tudo isso? Sabe? O senhor é delegado?

Agente

Sou agente. Eu só cumpro ordens. Não posso mudar nada. Só o juiz. Não adianta o senhor explicar nada para mim.

Newton

Não adianta explicar? Como assim? Alguém manda o senhor me prender sem motivo e o senhor me prende. Não quer ouvir o que eu tenho a dizer? Não adianta nada? O que é isso? Que justiça, hein!

Agente
Motivos parece que tem, não é? Vamos andando.

Newton
E o cônsul? Deixa eu falar com ele?

Agente
O senhor não vai entrar mais no consulado. O senhor será levado primeiro para o IML.

Newton
IML? Solta o meu braço.

Agente
Venha. Vamos, o senhor está preso. O senhor fará exame de corpo de delito, depois vai para o Departamento da Polícia Federal. O senhor será transferido ainda hoje para Brasília.

Newton
Brasília? Por favor, eu tenho direito de ir para São Paulo. Eu moro lá.

Agente
Vamos. Aqui, nós só cumprimos ordem. É tudo com o juiz.

Newton
Nossa, que violência!

Agente
O senhor está sendo tratado com cordialidade. Sem violência. Vamos, entre no carro. Não me obrigue a ser enérgico.

Newton
Será que...

Agente
Entra.

Newton
A algema está apertando.

Agente

Porque você está resistindo, a algema aperta. Fica calmo que eu solto um pouco. Entra.

Newton

Por favor. Está doendo.

Agente

Entra.

Newton

Alguém tem que me ouvir.

Agente

Cada coisa no seu tempo. O juiz já sabe que a ordem foi cumprida. Que o senhor está a caminho. O pessoal está terminando a apreensão. Tudo registrado, fotografado. Não se preocupe. Já, já saímos. É rápido.

Newton

Eu posso telefonar?

Agente

Agora não. Quando você chegar na Federal. Não se preocupa.

Newton

Por que não agora?

Agente

É a praxe. Não sabemos se há outras operações. Na sua casa, por exemplo. Logo você vai poder telefonar.

Newton

Minha casa? O que está acontecendo? Eu quero telefonar.

Agente

É apenas a praxe. Eu não sei de nada.

Newton

Como não sabe? O senhor disse...

Agente

Você não entendeu. Eu não disse que estão na sua casa. Eu só disse que podem estar.

Newton
Então, deixa eu telefonar para saber.

Agente
Agora não.

Newton
Isso é crime. Prender alguém...

Agente
É uma ordem judicial. Deve ter motivo, não acha? Senão, sua prisão não seria decretada.

Newton
Eu sou inocente.

Agente
Nunca conheci um culpado.

Newton
Estou falando sério.

Agente
Eu também.

Newton
Estou com calor.

Agente
Está quente mesmo. Vê se você se acalma. Você não tem sobrenome, é? Vamos tirar suas impressões digitais, viu? Não adianta esconder.

Newton
Eu já expliquei tudo isso. Só não tenho documento. Inventaram essa coisa de crime, de sonegar, de esconder dinheiro. Isso não é verdade. Inventaram isso. Por favor, acredita em mim, deixa eu telefonar.

Agente
Agora não. Tá tudo pronto, pessoal? Tá tudo certinho? Podemos ir? Então vamos. Para a Federal. Liga a sirene.

Advogado

Advogado
Newton, negaram a liminar.
Newton
Puta que pariu.
Advogado
Você não vai sair hoje.
Newton
Quanto tempo?
Advogado
O tempo do habeas corpus. Uns sessenta dias, pelo menos, talvez mais.
Newton
É muito tempo. Não podemos tentar nada?
Advogado
Temos de agir com calma.
Newton
Quero ir para São Paulo.
Advogado
Acho que sim, é possível. Nós vamos tentar tudo que for possível.

Newton

O que está acontecendo?

Advogado

Pintaram a sua caveira, amigo. Como eu nunca vi.

Newton

Como assim? O que eles querem? Por quê?

Advogado

Pintaram um retrato seu que é o contrário de tudo que você tenta ser. Ardiloso, dissimulado, agressivo, fraudulento. Tudo que você imaginar está nos relatórios de investigação.

Newton

Mas é mentira, você sabe que é mentira.

Advogado

Acho que você precisa parar um pouco para pensar, Newton. E ajudar. A situação é grave. Como eu explico as coincidências? Entende? Nós já juntamos o seu dossiê. É bastante favorável. Mas não explica quem é você. De onde você veio, por que você esconde o seu passado, Newton.

Newton

Eu sou Newton. Eu não aguento mais, mas eu continuarei Newton. Quero sair daqui. É um inferno. Afinal, o que eu fiz de errado? Você descobriu? Procurar um cônsul é crime?

Advogado

É o conjunto da obra, Newton. Fomos ingênuos. Subestimamos aquele delegado. Enquanto nós cuidávamos dos "casinhos", fazendo tudo para não chamar a atenção, ele montou uma rede de espionagem que destruiu a sua reputação.

Newton

Eu tenho o direito de me defender.

Advogado

Eles não negam o direito de você se defender. Eles querem você preso porque você é acusado de crimes graves e porque está disposto a sair do país. Este é o pequeno resumo do seu caso.

Newton
Eles estão destruindo a vida da minha família. E não é verdade.
Advogado
Eles estão bem. Solidários.
Newton
Essa desconfiança...
Advogado
Que desconfiança?
Newton
Quem acredita em mim? Ninguém.
Advogado
Não é bem assim.
Newton
A sensação que tenho é de que tudo isso que está acontecendo comigo não tem a menor importância para os outros. Não há uma mísera manifestação estranhando a minha prisão. Ou há? Tem uma espécie de prazer no ar. A prisão é para todos, não só para alguns, não é? Estou convivendo com gente ruim. Como se fosse um bandido. Posso ter todos os advogados do mundo e não consigo sair.
Advogado
Meu papel não é lamentar. Advogados existem para resolver. Eu ainda não resolvi o seu problema. Quero que fique claro: se você pretende mudar de advogado, agora é o momento. Eu quero que você se sinta à vontade, livre.
Newton
Livre...
Advogado
Livre para decidir o que é melhor. Ou eu continuo ou você muda. Sangue novo. Outro olhar. É normal. Pensa nisso. Temos alguns dias até você decidir. Converse com sua mulher, amigos. Não se arrependa depois.

Newton

Eu não perdi a confiança em você.

Advogado

Obrigado. Mas não se trata disso. É a sua vida.

Newton

Você quer sair do caso?

Advogado

Não, não é isso. Quero deixá-lo à vontade. Só estou sendo franco. Tenho apreço por você.

Newton

Você mudaria de advogado agora, se estivesse no meu lugar? Mudaria?

Advogado

Não sei. Possivelmente sim. Eu mudo de médico quando não gosto do que escuto. Gostaria de ter outras opiniões. É um direito que você tem.

Newton

Fico aterrorizado só de pensar em ter que explicar tudo de novo. Não sei o que fazer aqui. Vou escrever sobre o que estou passando. Denunciar. Só me resta isso.

Advogado

Pensa bem. Não sei se é o caso de chamar a atenção, arrumar confusão, agora.

Newton

Alguma novidade do consulado?

Advogado

Não. Newton, eu não contaria com isso.

Newton

Conto com o quê, então?

Advogado

Com as pessoas que te apoiam.

Newton

Não vamos desperdiçar tempo. Eu tenho como ser removido daqui para um lugar melhor.

Advogado

Eu estou tentando. Você não tem diploma.

Newton

Isto aqui é um inferno.

Advogado

Calma. A gente vai dar um jeito. O diretor vai te ajudar aqui, você vai ver. Agora é hora de ter calma.

Newton

Eu não tenho diploma, mas tenho livros. Isso não serve pra nada, pra mostrar uma condição diferente?

Advogado

Por enquanto, não.

Newton

Porra... Você viu a L.? Como ela está?

Advogado

Bem. Ela está triste, é óbvio. Mas está firme. Bem de saúde. Cuidando das crianças. Eu estive com ela antes de vir para cá.

Newton

Obrigado. Não quero mudar de advogado.

Advogado

Não precisa ser simpático, Newton. O que eu te falei é sério. Pensa bem.

Newton

E o relator do processo?

Advogado

Não tivemos sorte na distribuição. É uma turma conservadora. Bastante conservadora, acostumada a julgar empresários corruptos, traficantes. O tribunal é muito ruim em matéria de garantias individuais.

Newton
Garantias! Mas eles não enxergam a diferença?

Advogado
É o que estamos tentando fazer, Newton. Fazer eles enxergarem.

Newton
Estou pessimista. Você também.

Advogado
Nós vamos ganhar isso, é uma questão de tempo, Newton. Mas na hora do recurso, você vai ver, é mais provável.

Newton
Vai demorar. Faz o possível. Nunca pensamos na hipótese da prisão. Você nunca me falou que eu poderia ser preso.

Advogado
Newton, eu estou fazendo tudo.

Newton
Me tira daqui. Está ruim.

Advogado
Eu sei.

Newton
Você nem imagina como.

Advogado
Eu sei. Você está recomendado. Não comenta com ninguém.

Newton
Não está adiantando.

Advogado
Calma. Vai melhorar.

Newton
Não vou me acostumar. Não quero me acostumar. Tanta gente perigosa por aí, solta, e eu aqui, trancafiado. É muito triste ninguém acreditar em você.

Advogado
Eu preciso ir embora, Newton.

Newton

Eu sei. Se eu pudesse ficaria com você aqui para sempre. Não quero voltar para dentro, quero sair daqui.

Advogado

Eu sinto muito.

Newton

Como eles têm coragem de tratar as pessoas assim? Não posso receber um abraço, apertar a sua mão. Eu pensei que ia sair, eu tinha esperança de sair hoje.

Advogado

Sim, eu sei, Newton. Eu vou pedir reconsideração do despacho. Eu vou voltar aqui depois de amanhã. L. virá no dia da visita. Você terá notícias sempre.

Newton

É a pior parte. Fazer sofrer.

Advogado

Você precisa ter força, Newton.

Newton

Eu estou cansado, amigo. Preciso sair. Conto com você.

Faxina

Faxina
Não adianta ficar enfezado. Aqui, é assim.

Newton
Não estou enfezado. Só não estou entendendo.

Faxina
Olha, rapaz, aqui é assim. Você sabe que fez besteira, não sabe? Por isso você veio parar no meu canto.

Newton
Que besteira? Eu não fiz nada.

Faxina
Aqui é diferente, rapaz. Aqui não é escola. Aqui se aprende olhando, ouvindo, sem perguntar. Tudo em silêncio. Não aprendeu? Paciência.

Newton
Do que você está falando?

Faxina
De nada.

Newton
Eu quero sair daqui.

Faxina

Rapaz, não adianta. Ninguém vem aqui essa hora. Já passaram a tranca. Só amanhã.

Newton

O que você quer?

Faxina

Nada.

Newton

Seu jeito de me olhar...

Faxina

É o meu jeito.

Newton

Você está falando do castigo que aquele cara recebeu, não é? Ele pegou a minha coberta. Ele me agrediu. Eu reagi.

Faxina

Aqui não é escola, rapaz. Na cadeia você escolhe um lado e fica do lado que você escolheu. Você escolheu um lado e ficou do lado que você não escolheu.

Newton

Que lado? Eu não escolhi nada.

Faxina

Rapaz, eu não gosto de conversar muito disso, não. Não sou eu que ponho o motivo. Eu só faço o serviço.

Newton

Que serviço? Por que você está me olhando assim? Eu quero sair daqui. Caralho. Socorro! Socorro!

Faxina

Ei, rapaz, não estraga, não. Essa gritaria, esse cagaço. O pavor! Nessa hora, é preciso ter sabedoria. Você já sabe o que vai acontecer, não sabe? Não tem como evitar, então não estraga o fim.

Newton

O que você vai fazer?

Faxina
Você sabe. Não precisa de prosa, não.

Newton
Escuta, vamos conversar.

Faxina
Rapaz, posso até conversar, passa o tempo, diverte, você é de bem, mas não vai adiantar, não. Eu não me apego, não. Eu tenho um serviço. Você ficou aqui mais tempo do que devia. Agora, não dá mais.

Newton
Escuta, eu posso arranjar dinheiro.

Faxina
Rapaz, não complica. Dinheiro até que é bom, mas aqui adianta pouco.

Newton
O que você ganha com isso? Você vai ser processado, vai ficar mais tempo preso.

Faxina
Rapaz, quem puxa oitenta anos, mais vinte ou menos vinte, não faz diferença, não.

Newton
O que você ganha com isso?

Faxina
Paz.

Newton
Paz?

Faxina
Paz.

Newton
Socorro! Socorro!

Faxina
Não grita, rapaz. Tenta entender. Se tiver luta, é pior. Eu vou

ganhar, você não sabe lutar. É pior porque a faca não entra direito, machuca, rasga, se você resiste.

Newton

Porra, isso não pode acontecer. Eu tenho dois filhos.

Faxina

Se você não resiste, é como um raio. Você não sente dor. Não tem depois. Eu prometo. Se você resiste, dói. Olha a faca. Ela é firme e fina. Vai querer brigar com isto? Só vai arrumar machucado.

Newton

Eu não quero falar disso. Por favor, me dá um tempo. Dá uma chance de eu sair daqui. Ir para outro lugar. Não faz diferença fazer o serviço outra hora.

Faxina

Você ficou aqui mais do que devia. A cadeia tem o seu tempo. Passa mais devagar que lá fora. O pequeno fica grande. O grande desaparece. O que conta aqui não conta lá fora. Você incomoda a gente daqui. Você tem escrúpulo. Você não gosta do cheiro daqui, da comida daqui, dessa gente daqui. Tem coisa que nem precisa dizer. Não repara que todo mundo fica de olho?

Newton

Então, deixa para outro dia. Eu saio daqui.

Faxina

Rapaz, o serviço já começou.

Newton

Você também se prejudica.

Faxina

Não tem surpresa. Pego isolamento, mas a gente se acostuma, né? Tem o fórum também. O tempo passa. O Faxina volta. A cadeia é a minha casa. Você quer cagar? Eu não me importo, não.

Newton

Não, não quero.

Faxina
Quer um gole? Toma.
Newton
Quero.
Faxina
Bebe. Isso.
Newton
Vamos conversar. Quem mandou? Eu quero conversar com ele. Vai ser ruim para a cadeia. Eu sou escritor, conhecido lá fora. Escuta o que eu estou dizendo. Tudo vai ser investigado, gente removida. A cadeia vai pegar fogo. Vamos conversar. Você diz que eu pedi pra conversar. Eu não falo com o diretor, com ninguém. Eu prometo. Só com ele. Vocês me vigiam. Saio e volto. Não muda nada. Eu preciso desse tempo. Me dá essa chance.
Faxina
Rapaz. Você não é daqui mesmo. Não tem mais recurso, não. A sentença tá dada. Quem deu, não volta atrás. Imagina se voltasse.
Newton
Não pode ser assim.
Faxina
Mas é.
Newton
Deixa ele decidir. Eu garanto que será melhor para vocês. Ele vai te agradecer.
Faxina
Ia é estranhar. Eu faço o serviço. Só o serviço. Se não era para fazer eu não tinha o pedido já feito. Eu não sei quem mandou. Quem mandou não sabe de mim. Nem quando. Esse fio não tem caminho de volta.
Newton
Quero que você me ajude. Eu preciso de uma chance. Pede o

que for. Você não sente pena de mim? Da minha família. Acabar assim. Facada? Caralho. Você não tem filho?

Faxina

Rapaz, não deu tempo. A vida lá fora é rápida demais.

Newton

Ah, me ajuda. Aqui não tem piedade?

Faxina

Rapaz, fico até lisonjeado. Você sabe morrer. Lutando até o fim. Tá vendo, sem gritaria. Só lágrima. Conversando. Difícil de achar, viu? Parece até que me respeita.

Newton

Porra, estou morrendo de medo.

Faxina

Medo é bom, rapaz. Tem gente pior que eu. Acha que o serviço é sujo. Eu não gosto. Faço só o serviço. Não acrescento. Não faço sofrer, não faço bagunça. Não tenho ódio no coração. Quero paz.

Newton

Por favor, então, encontra um jeito. O que você vai dizer para a polícia?

Faxina

Rapaz, eu não vou é dizer nada. Não tenho nada para dizer. Eu não sei nem o seu nome. Você não é daqui mesmo. Que pena. Por que te mandaram pra cá?

Newton

A história é comprida demais. O meu nome é Newton. Posso escrever uma carta? Quero me despedir.

Faxina

Rapaz, não. Não precisa. Quem gosta não precisa se despedir.

Newton

Eu preciso de uma saída. Eu faço o que for.

Faxina

Tá chegando a hora. Rapaz, você vai se repetir. Isso não é bom.

Bebe mais um trago, bebe. Vou falar como é. Eu ligo o rádio. Vou sentar ao seu lado, assim, segurar seu ombro, com esta mão, e dar um golpe aqui, bem aqui, ó, de baixo para cima. Firme e forte. Seco. Você não vai sentir dor, nada. Pum e acabou. Eu prometo.

Newton
Por favor!

Faxina
Calma agora, rapaz. É o fim.

A marca FSC® é a garantia de que a madeira utilizada na fabricação do papel deste livro provém de florestas gerenciadas de maneira ambientalmente correta, socialmente justa e economicamente viável e de outras fontes de origem controlada.

Copyright © 2022 Luís Francisco Carvalho Filho

Todos os direitos reservados. Nenhuma parte desta obra pode ser reproduzida, arquivada ou transmitida de nenhuma forma ou por nenhum meio sem a permissão expressa e por escrito da Editora Fósforo.

EDITORA Rita Mattar
EDIÇÃO Eloah Pina
ASSISTENTE EDITORIAL Mariana Correia Santos
PREPARAÇÃO Débora Donadel
REVISÃO Eduardo Russo e Rosi Ribeiro
DIREÇÃO DE ARTE Julia Monteiro
CAPA Daniel Trench
PROJETO GRÁFICO Alles Blau
EDITORAÇÃO ELETRÔNICA Página Viva

Dados Internacionais de Catalogação na Publicação (CIP)
(Câmara Brasileira do Livro, SP, Brasil)

Carvalho Filho, Luís Francisco
　Newton / Luís Francisco Carvalho Filho. — São Paulo : Fósforo, 2022.
　ISBN: 978-65-89733-65-2
　1. Ficção brasileira I. Título.

22-112076   CDD — B869-3

Índice para catálogo sistemático:
1. Ficção : Literatura brasileira   B869-3

Cibele Maria Dias — Bibliotecária — CRB-8/9427

Editora Fósforo
Rua 24 de Maio, 270/276
10º andar, salas 1 e 2 — República
01041-001 — São Paulo, SP, Brasil
Tel: (11) 3224.2055
contato@fosforoeditora.com.br
www.fosforoeditora.com.br

Este livro foi composto em GT Alpina e
GT Flexa e impresso pela Ipsis em papel
Pólen Soft 80 g/m² da Suzano para a
Editora Fósforo em junho de 2022.